"Il ne s'est rie...
entre lui et n...

Lucien eut un ri... ... "Ne mentez pas! "Je vous ai vue entrer dans sa cabine voilà une heure. Et vous en sortez dans un état… "

Cassy reprit désespérément : "Je vous assure, Lucien, nous avons seulement discuté. "

Rageusement, il la secoua. "Quel idiot j'ai été! Ainsi, c'est simplement parce que je vous plaisais que vous vous êtes jetée à ma tête, le premier jour ? Et si vous ne vouliez pas aller trop loin, c'était à cause de vos principes! Et moi qui gobais tout cela… "

Il la saisit dans ses bras et l'embrassa d'un baiser plein de brutalité, de violence…

Elle réussit enfin à le repousser. "Je suis journaliste, Lucien. Je venais d'interviewer Lionel Halliday quand vous m'avez vue sortir de sa cabine. "

Lucien ne répondit pas. Vaincue, Cassy baissa la tête. Tout était fini, et elle était la seule à blâmer.

Dans Collection Harlequin

Daphne Clair
est l'auteur de

Dans Harlequin Romantique

Daphne Clair
est l'auteur de

LA VERITE TOUT SIMPLEMENT

Daphné Clair

Collection ❖ *Harlequin*

PARIS · MONTREAL · NEW YORK · TORONTO

Publié en février 1984

ISBN 0-373-49385-1

Dépôt légal 1e trimestre 1984
Bibliothèque nationale du Québec et Bibliothèque nationale
du Canada.

Imprimé au Québec, Canada—Printed in Canada

1

Cassy se fraya difficilement un passage à travers la foule dense qui s'agglutinait sur le pont brillamment éclairé du grand paquebot, tandis que l'orchestre jouait un air populaire.

Sur le quai, il y avait tout autant de monde... Des mouchoirs s'agitaient, des éclats de rire et des exclamations joyeuses se mêlaient à la musique. Ce départ en croisière n'était pas l'occasion d'adieux éplorés : ceux qui avaient la chance de partir pour les îles du Pacifique ne reviendraient-ils pas en Australie d'ici une quinzaine de jours ?

Le bateau s'écarta si doucement de la jetée que, sur l'instant, Cassy ne s'aperçut même pas que les amarres avaient été larguées.

Les silhouettes restées à terre s'éloignèrent, diminuèrent, et bientôt, elles ne furent pas plus grandes que des fourmis.

La dernière image que la jeune fille garda de Sydney fut celle de l'Opéra, dont les bâtiments futuristes se reflétaient dans l'eau. Deux mouettes planaient derrière le navire qui se dirigeait vers la haute mer.

Il faisait nuit noire, et la plupart des passagers étaient rentrés à l'intérieur. Cassy s'attarda sur le pont, après avoir remonté le col de sa veste matelassée.

L'orchestre avait cessé de jouer depuis longtemps. La jeune fille n'entendait plus que les bourdonnements réguliers des moteurs, ainsi que le bruit de l'eau que fendait la coque.

Elle se décida enfin à pénétrer dans les salons. Après avoir poussé la porte, elle fit quelques pas sur l'épaisse moquette. Des bruits de conversations venaient d'un bar tout proche.

Elle marqua un mouvement d'arrêt. Allait-elle s'y rendre tout de suite ? Il fallait bien qu'elle commence son enquête...

Cependant, cela ne la tentait guère d'aller seule dans un bar, juste après l'embarquement. Et puis elle avait eu à peine le temps de voir sa cabine... Elle s'était contentée d'y déposer ses bagages un peu plus tôt.

Il s'agissait d'une cabine double et à ce moment-là, la passagère qui devait la partager avec elle — et qu'elle ne connaissait pas —, n'était pas encore arrivée.

Cassy était un peu lasse. Cette journée avait été interminable... N'avait-elle pas dû, le matin même, quitter la Nouvelle-Zélande où elle habitait pour s'envoler vers l'Australie, d'où appareillait le paquebot ?

Elle hésitait toujours sur le seuil du bar. Quand se déciderait-elle à explorer le bateau afin de chercher l'homme qu'elle était censée découvrir ?

« Je suis trop fatiguée pour le moment, se dit-elle. Je vais tout d'abord me reposer un peu... »

Elle se dirigea vers le pont B, où se trouvait sa cabine. Les passagers qu'elle croisait lui souriaient et la saluaient. Automatiquement, elle leur répondait.

Du regard, elle cherchait les hommes seuls. Mais il ne semblait pas y en avoir à bord ! Ils étaient tous accompagnés par leur femme, ou même par toute une famille !

Or Lionel Halliday était célibataire...

Après avoir descendu un escalier, elle fronça les sourcils et s'immobilisa, laissant sa main sur la rampe. Voyons, devait-elle maintenant tourner à droite ou à gauche ?

— Puis-je vous aider ? demanda une voix masculine.

Elle tourna la tête. Un jeune homme souriant se tenait à quelques pas d'elle. Son visage rond était encore celui d'un adolescent, mais il y avait dans ses yeux bleus une admiration indéniable...

— Je suis perdue, avoua-t-elle.

— Quel est le numéro de votre cabine ? s'enquit-il.

Prudente, elle ne répondit pas immédiatement, et il éclata de rire.

— Vous n'avez rien à craindre de moi ! s'exclama-t-il. Vous trouverez les numéros impairs de ce côté. Et, par là, les numéros pairs...

— Merci.

— A plus tard ! lança-t-il alors qu'elle se dirigeait vers l'un des couloirs.

— A plus tard, fit-elle en écho d'un ton léger.

Elle souriait en introduisant sa clé dans la serrure. Ce garçon n'était certainement pas M. Halliday ! Il était trop jeune pour cela. Et trop blond... Et surtout trop gentil ! Or, d'après ses informations, Lionel Halliday n'avait rien d'un homme aimable.

La passagère qui devait partager sa cabine était arrivée. C'était une jeune fille brune aux courtes boucles en désordre. Elle défaisait ses valises.

— Vous êtes Cassy Reynolds ? interrogea-t-elle avec un chaleureux sourire.

Et, un peu gênée :

— Je me suis permis de regarder les étiquettes de

vos bagages. C'est ainsi que j'ai appris votre nom. Moi, je m'appelle Loïs. Loïs Lescot... Quelle couchette préférez-vous ? Celle du haut ou celle du bas ? Vous êtes arrivée la première, par conséquent, c'est à vous de décider !

— Cela m'est complètement égal ! assura Cassy. Vous choisissez...

— Vraiment ? Dans ce cas, j'aimerais vraiment avoir celle du haut !

Cassy haussa un sourcil étonné, et Loïs se mit à rire.

— Ma sœur et moi avions des lits superposés lorsque nous étions petites, expliqua-t-elle. Et je dormais en bas alors que je rêvais d'avoir la couchette supérieure !

Cassy joignit son rire au sien.

— Je vous la laisse volontiers !

— Oh, c'est formidable ! s'exclama Loïs avec entrain. Il y a si longtemps que je pense à cette croisière... J'économise dans ce but depuis une éternité ! Vous aussi ?

— Non, admit Cassy. C'est une parente qui m'a offert ce voyage à l'occasion de mon vingt et unième anniversaire.

— Vous en avez de la chance !

— En réalité, ma tante avait l'intention de faire elle-même cette croisière. Mais elle s'est malencontreusement cassé la jambe... Et elle m'a offert son billet, ce qui est vraiment très gentil de sa part : elle aurait pu en obtenir le remboursement.

La jeune fille adorait sa tante Claudine — qui était également sa marraine. Cassy se sentait assez seule dans la vie depuis la mort de son père et, quelques années plus tard, le remariage de sa mère.

A dix-neuf ans, elle avait commencé à travailler comme reporter pour un magazine néo-zélandais, et sa vie professionnelle tenait la plus grande place dans son existence.

Certes, elle aimait beaucoup sa mère et s'entendait bien avec son beau-père. Mais dès qu'elle était devenue indépendante matériellement, elle avait préféré s'installer dans un petit appartement situé non loin de la rédaction du journal qui l'employait.

Il s'agissait d'une revue tout récemment fondée. L'équipe était très jeune, et le rédacteur en chef laissait à chacun une certaine liberté pour le choix des sujets et la manière de les traiter.

Quand Cassy lui avait fait part de son intention de partir en croisière dans le Pacifique, il avait secoué négativement la tête.

— Il n'en est pas question, Cassy ! Si vous partez, vous risquez de ne pas retrouver votre emploi à votre retour.

— Mais Rudy, il s'agit seulement de deux semaines ! Et j'ai des vacances à prendre...

— Peut-être, mais ce n'est pas le moment. La concurrence est rude ; si nous voulons voir notre magazine survivre, il faut que chacun donne son maximum. Personne ne partira en vacances avant Noël.

Plus doucement, il avait ajouté :

— Je suis désolé de vous parler ainsi. Mais il faut que vous compreniez que pour l'équipe de rédaction, le journal doit passer avant tout !

Très déçue, la jeune fille avait quitté le bureau du rédacteur en chef.

Un peu plus tard, elle avait tenté de le convaincre.

— Cette croisière pourrait donner les éléments d'un reportage intéressant ! Nos lecteurs aiment les voyages, et...

Rudy lui avait coupé la parole.

— Nous avons un spécialiste qui traite ces sujets. Par ailleurs, les îles du Pacifique ont fait l'objet de nombreux reportages dans notre revue comme dans d'autres.

— Mais le bateau...

— Il y a quelques semaines, nous avons publié un article sur les croisières, lui rappela-t-il. Nous n'allons pas nous répéter !

— Je pourrais peut-être présenter celle-ci sous un angle inusité...

— Non, interrompit Rudy. N'insistez pas !

Vingt-quatre heures plus tard, cependant, il faisait irruption dans son bureau.

— Cette croisière dont vous m'avez parlé... A quelle date est-elle prévue ?

— Le départ est fixé pour le 24, répondit-elle.

— Venez dans mon bureau. J'ai à vous parler.

Elle le suivit sans comprendre. Elle n'osait pas espérer un revirement de sa part... Pourtant, n'était-ce pas ce que son attitude laissait supposer ?

— Avez-vous jamais entendu parler de Lionel Halliday ? demanda-t-il avec une certaine brusquerie une fois qu'ils se trouvèrent seuls.

Cassy réfléchit un instant.

— N'est-ce pas ce magnat de l'industrie qui...

— Exact, coupa Rudy. Lionel Halliday est le plus jeune milliardaire de Nouvelle-Zélande. Toutes les affaires qu'il entreprend réussissent...

La jeune fille hocha la tête. Oui, elle avait à plusieurs reprises entendu citer le nom de Lionel Halliday, cet homme d'affaires immensément riche.

— Il a toujours refusé les interviews, reprit Rudy, en compulsant le dossier très mince qui était posé devant lui. Il déteste la presse — journalistes comme photographes. Mais nous avons peut-être le moyen de tourner la difficulté. Son médecin lui a conseillé de prendre un peu de repos et d'oublier un temps ses problèmes... Où peut-on, mieux que partout ailleurs, se retrancher du monde ?

La réponse de Cassy ne se fit pas attendre.

— En bateau?

Elle sourit.

— Mais bien sûr... Qu'y a-t-il de plus reposant qu'une croisière dans les îles du Pacifique?

— Vous me raconterez cela à votre retour! lança Rudy, sarcastique.

— Cela veut dire que... que je peux partir? Vraiment?

— A une condition.

— J'ai déjà compris! assura la jeune fille. Il faudra que je me débrouille pour interviewer Lionel Halliday!

— C'est précisément ce que j'attends de vous.

La jeune fille hésita.

— Vous venez de me dire qu'il déteste les journalistes. Comment...

— Vous êtes reporter, n'est-ce pas? Faites votre métier.

— Et si je ne parviens pas à le convaincre de m'accorder cette interview?

— Arrangez-vous! Vous avez quinze jours pour obtenir ce « papier ». Si vous revenez sans, vous pourrez chercher un emploi ailleurs... Dites-vous bien que vous ne participez pas à cette croisière pour prendre du bon temps. Vous partez pour travailler!

— Ce n'est pas la Société qui paie mon billet! protesta Cassy.

— L'équipe de rédaction va devoir se surpasser pour « boucler » la revue sans vous. Mais nous oublierons tout cela si vous nous rapportez un bon article. Ah, autre chose... On dit que pour être maintenant aussi riche, Lionel Halliday n'a pas été toujours honnête. Tâchez de creuser ce point...

— Cela m'étonnerait qu'il accepte de se confier à ce sujet!

— On ne sait jamais... Adroitement interrogés,

les gens laissent parfois échapper des informations surprenantes !

— Auriez-vous l'intention de transformer *City-mag* en journal à scandales ?

— Non. Mais nos lecteurs ont le droit d'être informés.

Cassy se mordilla la lèvre inférieure.

— Eh bien, j'ouvrirai tout grand mes yeux et mes oreilles ! Je voudrais quand même que vous me donniez quelques conseils sur la manière d'aborder cet homme !

Rudy leva les yeux au ciel.

— Est-ce à moi de vous expliquer comment vous y prendre ? Vous êtes une femme... Et une jolie femme, qui plus est ! Des cheveux blonds, des yeux verts, une silhouette de mannequin... Quel homme est capable de résister à tout cela, je vous le demande ? D'autant plus que, d'après mes informations, Lionel Halliday n'est pas insensible au charme féminin...

Un peu agacée, Cassy lança :

— Suggérez-vous que je devrais utiliser mes... ma...

— Votre tête ! coupa Rudy. Suivez votre instinct. Vous êtes assez intelligente pour savoir comment vous y prendre !

Tout en se préparant à se mettre au lit dans sa cabine à bord du *Princess,* Cassy se remémorait cette conversation. Oui, elle utiliserait les ressources de son cerveau pour mener à bien sa difficile mission. Elle sourirait même s'il le fallait à Lionel Halliday. Mais elle n'irait pas au-delà !

Le plus difficile était de localiser le milliardaire parmi les huit cents passagers du paquebot.

Dès le lendemain matin, la jeune fille consulta la

liste des personnes qui avaient embarqué la veille. Le nom de Lionel Halliday n'y figurait pas...

Cette constatation la soulagea. Elle n'avait plus besoin de se faire du souci pour obtenir cette fameuse interview puisque l'homme qui intéressait le rédacteur en chef de *Citymag* ne se trouvait pas à bord du *Princess*. Les informations dont disposait Rudy étaient erronées. Certes, il serait furieux, mais elle n'y était pour rien, et il ne pourrait pas lui en vouloir !

Oubliant Lionel Halliday, elle explora le bateau en compagnie de Loïs. Elles venaient de s'installer sur des chaises longues au soleil quand le jeune homme avec lequel Cassy avait échangé quelques mots la veille les rejoignit.

— Bonjour ! lança-t-il en souriant.

Cassy lui rendit son sourire, et il se laissa tomber sur une chaise longue près de la sienne.

— Je ne me suis pas présenté hier, déclara-t-il. Je m'appelle Trevor Wallace.

— Cassy Reynolds, fit automatiquement la jeune fille. Et voici Loïs Lescot.

Entre Trevor et Loïs, la sympathie naquit immédiatement. Cassy n'en était nullement vexée... Trevor devait avoir à peu près son âge mais en général, elle préférait sortir avec des hommes ayant quelques années de plus qu'elle.

D'une oreille distraite, elle écoutait la conversation des deux jeunes gens.

— J'essaie de découvrir les célébrités qui sont à bord ! annonça Loïs. Ce matin, il m'a semblé reconnaître l'une de mes vedettes préférées de la télévision australienne.

Trevor parut sceptique.

— Il y a des célébrités sur le *Princess* ?

— Naturellement ! assura Loïs. Mais incognito, bien sûr ! Les gens connus ne peuvent pas voyager sous leur vrai nom : ils seraient sans cesse importunés !

L'attention de Cassy était maintenant éveillée. Se pouvait-il que Loïs ait raison ? Dans ce cas, Lionel Halliday était peut-être à bord sous un nom d'emprunt...

Sans enthousiasme, elle se leva, laissant Trevor et Loïs bavarder avec animation.

Elle avait abandonné la bataille trop tôt ! Rudy paraissait certain que Lionel Halliday faisait cette croisière. D'ordinaire, les sources d'information du rédacteur en chef du *Citymag* étaient dignes de confiance...

Avec un soupir, Cassy se dirigea vers la piscine. Maintenant, elle en était presque sûre : le milliardaire néo-zélandais se trouvait parmi les huit cents passagers du *Princess*. Mais sous quel pseudonyme ? Et comment le reconnaître ?

De nouveau, elle soupira. Rudy lui avait confié trois photos de Lionel Halliday. Trois mauvaises photos... La première représentait le milliardaire jouant au cricket... alors qu'il était encore adolescent ! La seconde — une coupure de journal grisâtre —, le montrait s'entretenant avec d'autres personnes. On le voyait seulement de profil, et si mal ! Sur la troisième, il se tenait assis à une table, lors d'un conseil d'administration. Mais son visage était à moitié caché par la silhouette de son voisin, et il baissait la tête pour consulter les papiers étalés devant lui !

Comment reconnaître un homme à partir de ces trois clichés ? La tâche était pratiquement impossible...

Certes, Rudy lui avait donné la description du Néo-Zélandais. Il mesurait environ un mètre quatre-vingts, était de stature moyenne, avait des cheveux sombres et des yeux gris. Les personnes correspon-

14

dant à ce portrait ne manquaient pas à bord du *Princess* !

Par ailleurs, le rédacteur en chef du *Citymag* avait précisé que Lionel Halliday n'avait pas forcément embarqué seul. Cassy en conclut qu'une femme l'accompagnait peut-être...

— Autant me mettre au travail maintenant ! décida-t-elle avec une petite grimace résignée.

Au moins, elle connaissait son âge : il avait trente ans, ce qui éliminait d'office une partie des passagers.

S'efforçant de prendre un air naturel, elle flâna sur le pont, examinant du coin de l'œil les passagers allongés sur les transats et ceux qui s'accoudaient au bastingage. La mer s'étendait à perte de vue, très bleue, très calme...

Un couple consultait le programme des activités du jour. Ces feuillets imprimés avaient été distribués le matin même dans toutes les cabines.

« C'est une idée ! » songea Cassy en s'emparant de son propre exemplaire, qu'elle avait glissé dans son sac de toile à bandoulière.

Les sourcils froncés, elle parcourut les lignes. Voyons, à quoi pouvait bien s'intéresser un millionnaire ? Aux jeux divers auxquels on pouvait s'adonner sur le pont ? Il y avait même un tournoi de *deck-tennis* prévu...

Et la piscine ? Il faisait encore frais ; rares étaient ceux qui avaient le courage de se mettre à l'eau.

Où pouvait-il bien être ? Dans les salons ? Dans les bars ? Dans les salles de jeux ?

A la même heure, on donnait un cours d'art floral. Mais Cassy imaginait mal un homme d'affaires s'intéressant aux bouquets...

Elle continuait à consulter le programme des activités. Soudain, les battements de son cœur s'accélérèrent. Elle avait trouvé, elle en était sûre !

Juste en ce moment, un conférencier faisait un exposé sur la haute finance et les investissements! C'était cela, bien évidemment, qui avait attiré Lionel Halliday!

Hâtivement, elle consulta le plan du bateau pour se rendre dans la salle de spectacle, où se tenait la conférence.

Quand elle en sortit, une demi-heure plus tard, elle était au bord de la crise de nerfs. Jamais elle n'avait été aussi frustrée. Et jamais, non plus, elle ne s'était autant ennuyée!

Aucun des assistants ne pouvait correspondre à la description qu'elle avait de Lionel Halliday. Et elle n'avait pas osé s'éclipser avant la fin, après que le conférencier eut très courtoisement résumé pour elle toute la partie qu'elle avait manquée.

Elle remonta sur le pont et, tout à fait par hasard, son regard s'arrêta sur une baie vitrée. Derrière celle-ci, il y avait un salon de jeux. Quelques passagers jouaient au Scrabble, d'autres au bridge... et deux hommes se penchaient sur un échiquier.

Le crâne de celui qui lui tournait le dos commençait déjà à se dégarnir. Ses rares cheveux étaient d'un châtain assez terne.

Son vis-à-vis, un homme d'une trentaine d'années, était brun. Il portait un pantalon couleur fauve et une chemise de la même teinte, très bien coupée.

Son regard rencontra celui de Cassy, et le cœur de la jeune fille manqua un battement quand elle constata qu'il avait les yeux gris...

Etait-il possible que ce soit *lui*?

Oh, il ne ressemblait pas vraiment aux photos. Mais celles-ci étaient si mauvaises... Et puis elles ne mettaient en relief aucun signe particulier. De signe particulier — à l'exception d'être séduisant —, cet homme n'en avait pas non plus.

« S'il avait eu le nez crochu ou une oreille en

moins, ma tâche aurait été grandement facilitée ! »
songea Cassy avec humour.

Bien sûr, il fallait qu'elle le voie de plus près. Mais
pour l'instant, c'était le premier passager à répondre
plus ou moins à la description de Rudy.

Comment allait-elle entrer en contact avec lui ?
Après avoir croisé son regard, elle s'était vivement
écartée pour aller s'accouder au bastingage. Avec
une nonchalance feinte, elle se retourna.

La partie d'échecs était terminée, et maintenant
les deux hommes se dirigeaient vers la sortie.

Le cerveau de Cassy travaillait à toute allure... Il
ne fallait pas qu'elle *le* laisse partir ainsi ! Sinon,
quand le hasard les remettrait-il de nouveau en
présence ?

Sans réfléchir davantage, elle se dirigea vers eux,
tout en faisant mine de chercher quelque chose dans
son sac. Elle gardait la tête baissée, mais du coin de
l'œil, elle surveillait les pieds des deux inconnus —
dont l'un *devait* être Lionel Halliday.

Elle attendit qu'ils soient tout près pour faire choir
son sac, dont tout le contenu se renversa sur le sol.

Les deux hommes se mirent aussitôt en devoir de
ramasser son passeport, son carnet de notes, son
tube de rouge à lèvres et une pochette de mouchoirs
en papiers.

— Oh, je suis désolée ! s'exclama-t-elle. Je ne
faisais pas attention... Je suis tellement maladroite !

L'homme aux yeux gris la contempla avec amusement. Elle lut aussi un peu de surprise dans ses
prunelles, et sa gêne augmenta.

— Je suis désolée, répéta-t-elle alors que l'autre
homme lui tendait son stylo.

Elle lui adressa un sourire automatique auquel il
ne répondit pas. Il se contenta de s'incliner légèrement, tandis que ses yeux pâles la fixaient avec une
expression d'ennui. Elle eut le temps de remarquer

qu'il portait une moustache épaisse, plus sombre que ses cheveux, qui dissimulait le dessin de sa lèvre supérieure.

Mais ce n'était pas lui qui l'intéressait ! Sans l'examiner davantage, elle se tourna vers son séduisant compagnon.

— Je crois avoir marché sur votre tube de rouge à lèvres, déclara ce dernier. Il est en piteux état...

— C'est sans importance ! assura-t-elle. J'en trouverai sans peine dans les boutiques du *Princess* !

L'autre homme marmonna quelques mots inintelligibles et s'éloigna. Voulant à toute force empêcher Lionel Halliday de le suivre, Cassy se planta devant lui en lui adressant le plus engageant de ses sourires.

— Puis-je vous offrir un verre ? proposa-t-il. Pour me faire pardonner d'avoir cassé votre tube de rouge à lèvres...

— Ce n'est pas la peine, déclara-t-elle alors qu'elle pensait exactement le contraire. C'est moi qui me suis montrée stupide et...

Il la prit par le bras et l'entraîna vers le bar.

— Mais si, c'est la peine ! assura-t-il avec ironie. Croyez-vous que le hasard me permet de lier connaissance avec des jolies filles tous les jours ?

Elle lui adressa un coup d'œil rapide. Ses joues étaient cramoisies ; elle se demandait s'il était dupe de son petit manège...

Il ne la regardait pas et tentait d'attirer l'attention d'un serveur.

— Que prendrez-vous ? lui demanda-t-il courtoisement.

— Un *gin-tonic,* s'il vous plaît.

Après avoir passé la commande, il se tourna vers elle.

— Comment vous appelez-vous ?

— Cassy Reynolds. Et vous ?

Elle retint sa respiration en attendant la réponse. Il marqua une imperceptible hésitation avant de déclarer :

— Lucien Hale.

2

« Lucien Hale…, songea Cassy. Les mêmes initiales que Lionel Halliday, naturellement ! »

Elle crispa ses doigts sur son verre. C'était la première fois de sa vie qu'elle se jetait à la tête d'un homme, et elle se sentait bizarrement humiliée d'avoir eu recours à une telle méthode.

Elle réprima un soupir. Le « truc » qu'elle avait utilisé n'était pas neuf… Si Lucien Hale était vraiment le milliardaire, il devait avoir l'habitude de voir les femmes tenter d'attirer son attention par tous les moyens !

Il leva son verre en souriant.

— A notre croisière !

Le sourire que lui retourna la jeune fille était quelque peu réticent. Elle but quelques gorgées en silence.

— Voyagez-vous seule ? lui demanda-t-il.

— Oui.

Elle lui parla de sa tante. Au moins, il s'agissait là d'un sujet neutre !

— Et vous ? s'enquit-elle à son tour. Prenez-vous ces vacances pour oublier les dures contraintes des affaires ?

Un éclair amusé passa dans ses prunelles grises.

— Ai-je l'air d'un homme d'affaires ?

— Vous ne l'êtes pas ?

— Oh, tout le monde est dans les affaires, d'une manière ou de l'autre.

Volontairement, il restait dans le vague.

— Que faites-vous ? interrogea-t-il à son tour. Voyons... Laissez-moi deviner ! Vous êtes mannequin. Ou bien actrice.

Elle éclata de rire.

— Pas du tout ! Je... je travaille dans un bureau.

— Vous êtes secrétaire ? s'étonna-t-il.

Il paraissait incrédule, et elle hocha vigoureusement la tête.

— Mais oui !

Il ne devait pas connaître sa véritable profession, car cela risquait de le faire fuir.

Mais un homme comme lui fuyait-il ? Elle en doutait... La ligne décidée de sa mâchoire, le dessin ferme de sa bouche témoignaient d'une autorité naturelle. Il ne reculait sûrement pas souvent !

L'espace d'un instant, elle songea que, par la suite, le fait de ne pas lui avoir révélé sa profession pouvait lui causer des ennuis. Il lui en voudrait peut-être de l'avoir trompé...

Mais elle n'eut pas le temps de réfléchir plus longtemps, car il poursuivait la conversation.

— Est-ce votre première croisière ? demanda-t-il en s'adossant à la banquette.

Il paraissait plus détendu. Et il y avait une lueur d'admiration dans ses yeux tandis qu'il la détaillait sans hâte.

— Oui, c'est ma première croisière, répondit-elle.

— J'en ai déjà fait deux ou trois. C'est une manière particulièrement reposante et agréable de voyager.

Cassy garda les yeux fixés sur son verre. Tout

concordait… Le médecin de Lionel Halliday ne lui avait-il pas ordonné de se changer les idées ?

Il se mit à lui parler de ses voyages, et, pendant ce temps, elle oublia complètement les motifs qui l'avaient amenée aux côtés de cet homme. Il racontait très bien, et elle l'écoutait avec un intérêt réel.

Quand elle consulta sa montre, elle s'aperçut avec surprise que l'heure du dîner était toute proche.

— Oh, mais il va falloir passer à table ! s'exclamat-elle. Je dois aller me changer.

Il l'accompagna jusqu'à sa cabine et la quitta à la porte.

— Nous nous reverrons certainement à bord ! lança-t-il avant de s'éloigner.

— Certainement ! fit-elle en écho.

Elle retrouva Loïs. La jeune fille hésitait sur le choix d'une tenue.

— J'ai promis à Trevor d'aller danser avec lui après dîner. Que vais-je mettre ? Ce pantalon de satin noir ou cette jupe rouge ? Qu'en penses-tu, Cassy ?

— Mets plutôt la jupe si tu vas danser !

Elle passa une robe en soie ivoire et se chaussa de sandales de la même teinte. Puis elle brossa ses cheveux en arrière et les maintint à l'aide de peignes en écaille.

Après dîner, elle déclina l'offre de Loïs et de Trevor, qui voulaient l'entraîner danser. Elle se rendit au théâtre où commençait justement un spectacle de variétés. Avec soin, elle choisit sa place : un peu de côté, afin de pouvoir à la fois voir la scène, et en même temps surveiller les allées et venues des spectateurs.

La petite troupe était excellente, et Cassy applaudissait chaleureusement. Cependant elle ne regardait qu'à moitié… Ses pensées étaient ailleurs.

Reverrait-elle bientôt l'homme qui prétendait s'appeler Lucien Hale ?

Quand le rideau se baissa, elle quitta le théâtre et traversa l'un des bars. Il vint à sa rencontre, un verre à la main. Elle ne l'avait pas vu et faillit le heurter...

— Décidément ! s'exclama-t-il avec entrain. C'est une habitude chez vous !

La jeune fille se mit à rire. Il la conduisit vers une table et la fit asseoir.

— Que voulez-vous boire ?

Comme tout était simple ! constata-t-elle avec étonnement. Ils étaient installés côte à côte et bavardaient à bâtons rompus comme de vieux amis. Il lui posa des questions sur elle-même, et, sans réticence, elle lui parla de son enfance, de sa famille... Elle évitait toutefois soigneusement de parler de sa vie actuelle et surtout de son métier !

Un peu plus tard, ils se rendirent au night-club. Trevor et Loïs s'agitaient frénétiquement sur la piste. Ils dansèrent un peu mais ne s'attardèrent pas et remontèrent bientôt sur le pont.

Il y avait une autre salle de danse — avec un orchestre, cette fois. Ils dansèrent de nouveau... Cassy adorait cela, et Lucien se révélait être un excellent cavalier dont elle suivait les pas sans effort.

Ils ne parlaient presque pas. Ils se contentaient de se sourire de temps en temps. Bientôt la jeune fille oublia tout pour ne plus songer qu'à l'agrément de l'instant présent.

Il voulut lui offrir un dernier verre, mais elle refusa, et il la reconduisit jusqu'à sa cabine. Elle s'apprêtait à introduire sa clé dans la serrure quand il lui prit la main pour l'attirer contre lui.

Retenant sa respiration, elle leva la tête. Leurs lèvres se joignirent dans un baiser interminable.

Elle demeurait immobile entre ses bras, sans chercher à le repousser. Mais elle ne répondait pas à son baiser et demeurait aussi rigide qu'un morceau de bois.

Il la lâcha enfin, l'enveloppant d'un regard interrogateur. De toute évidence, il s'attendait à ce qu'elle se montre plus passionnée...

Alors il se contenta d'effleurer des lèvres le creux de son cou.

— Bonne nuit, Cassy, murmura-t-il.

L'instant d'après, il avait disparu.

« Ainsi, il m'a embrassée hier... » songea-t-elle en ouvrant les yeux, le lendemain matin. Oh, cela n'avait rien de surprenant... La plupart des femmes auraient envisagé ainsi la fin de la soirée. Cependant, la manière dont il l'avait regardée avant de la prendre dans ses bras lui avait déplu. Comme s'il était sûr qu'elle attendait ce baiser ! Comme s'il le faisait uniquement pour ne pas la décevoir ! Oui, c'était cela qu'elle avait ressenti. Et c'était une impression désagréable...

En fin de matinée, elle se trouvait sur le pont où elle jouait au palet en compagnie de Loïs, de Trevor et d'un jeune homme qui partageait la cabine de ce dernier. Se sentant observée, elle releva la tête et aperçut Lucien appuyé au bastingage. Il lui adressa un signe de la main ; elle lui répondit par un sourire avant de se consacrer de nouveau à son jeu.

Il était toujours là à la fin de la partie. Avec une aisance consommée, il parvint à la séparer de ses amis pour l'entraîner sur une coursive ensoleillée. Ils s'assirent côte à côte dans des chaises longues.

Cassy aurait dû être ravie de le voir ainsi s'intéresser à elle. N'était-ce pas ce qu'elle souhaitait ? Si Rudy avait été là, il lui aurait conseillé de tirer parti de la situation. Mais au lieu de cela, elle se sentait mal à l'aise... Elle avait l'impression très nette de se conduire en hypocrite...

Du bout des doigts, Lucien Hale essaya d'effacer le pli qui se creusait entre ses sourcils.

— Vous avez des soucis ?

Elle détourna la tête.

— Pas du tout !

— Nous arriverons à Nouméa demain. Ferez-vous les excursions ?

Elle secoua la tête.

— Non, je dois courir les magasins. J'ai promis à mes amies de leur rapporter du parfum.

— Parlez-vous français ?

— Non. Et vous ?

— Un peu. Si vous voulez, je vous ferai visiter la ville : je la connais assez bien.

Elle le regarda sans chercher à cacher sa surprise. Elle lui plaisait, c'était évident... Plus tard, quand elle le connaîtrait mieux, peut-être pourrait-elle obtenir cette interview sans peine ? Il ne lui en voudrait pas d'avoir un peu triché au début...

— Merci ! s'exclama-t-elle. C'est vraiment très gentil à vous.

Il faisait chaud à Nouméa, cette ville française perdue dans l'immensité du Pacifique. Les Mélanésiennes portaient toutes des robes aux couleurs chatoyantes, ornées de dentelles.

Les boutiques de souvenirs succédaient aux boutiques de souvenirs. Il y avait aussi plusieurs magasins hors-taxes sur la place centrale plantée de flamboyants.

Lucien et Cassy s'arrêtèrent devant un kiosque à musique d'un modèle désuet.

— Autrefois, les bagnards donnaient des concerts ici, expliqua Lucien.

La jeune fille l'appelait par le prénom qu'il s'était donné. Elle s'efforçait d'oublier qu'il s'agissait d'un pseudonyme... Il était préférable, en effet, d'éviter de dire : Lionel... Un tel lapsus aurait risqué de ruiner à jamais ses chances d'obtenir cette fameuse interview !

Il l'aida à faire ses achats, lui servant d'interprète dans les magasins. Il parlait très bien français et connaissait parfaitement les parfums — ce que Cassy trouva surprenant.

Ils flânèrent ensuite dans les rues. L'heure du déjeuner approchait. La jeune fille avait l'intention de rentrer le prendre à bord, mais Lucien insista pour l'inviter à déguster un repas typiquement français.

— C'était excellent ! assura-t-elle après s'être régalée de fruits de mer et de pain croustillant.

En quittant le restaurant, elle s'arrêta devant une vitrine dans laquelle étaient exposés plusieurs masques mélanésiens.

— Ils vous plaisent ? s'enquit Lucien.

— A vrai dire, je n'aimerais pas en avoir chez moi. Cela ne m'empêche pas de les trouver fascinants.

— Je vous comprends. Un masque peut recouvrir tant de choses...

Elle le regarda d'un air interrogateur.

— On en trouve partout dans le monde, poursuivit-il avec aisance. Songez aux spectacles de la Grèce Antique. Tous les acteurs en portaient ! Par ailleurs, les soi-disant peuplades primitives utilisent toujours des masques dans leurs danses rituelles.

— J'avoue n'avoir guère de connaissances à ce sujet !

— Ne vous êtes-vous jamais intéressée à l'histoire du théâtre ?

— Il semble que mon éducation soit à refaire ! lança-t-elle en riant. Vous-même, êtes-vous attiré par le théâtre ?

Dans les prunelles grises de Lucien, il y avait une

certaine froideur, et il marqua une pause avant de répondre d'un ton neutre :

— Oh, j'ai lu plusieurs ouvrages à ce sujet... Si vous n'êtes guère attirée par le théâtre antique, peut-être l'êtes-vous davantage par le cinéma ?

— Certainement !

Elle hésita.

— Mes goûts doivent vous paraître bien futiles... murmura-t-elle.

— Comment pouvez-vous parler ainsi ? Ai-je donc l'air d'un intellectuel, ou d'un snob ?

Elle éclata de rire.

— Pas du tout ! Mais je suis surprise que vous possédiez de telles connaissances au sujet de la Grèce Antique, par exemple... De la part d'un homme d'affaires...

Il l'interrompit.

— Les hommes d'affaires peuvent avoir d'autres centres d'intérêt que leur « business » ! Savez-vous que le cinéma me passionne ? A mon avis, les films actuels sont aussi importants, pour notre culture, que les danses rituelles africaines, par exemple. Il s'agit d'un moyen de communication, de représentation de ces grands mystères de la vie et de la mort.

— A vrai dire, je n'ai jamais considéré un film autrement que comme une distraction.

— N'avez-vous pas songé à devenir actrice ?

— Oh, quand j'étais enfant, je rêvais de me produire sur scène ou bien d'être hôtesse de l'air. Toutes les petites filles sont attirées par ces carrières. Mais je ne crois pas avoir assez de talent pour être comédienne ! conclut-elle avec un sourire contraint.

Elle se remémorait la piètre mise en scène qu'elle avait inventée pour faire sa connaissance... Si elle avait été une actrice née, elle aurait probablement trouvé un stratagème plus habile !

Elle détourna la tête pour qu'il ne voie pas ses joues soudain empourprées. Doucement, il la prit par la taille pour rentrer à bord. Elle se raidit imperceptiblement, mais il ne parut pas s'en apercevoir.

Le *Princess* quitta la Nouvelle-Calédonie à quatre heures de l'après-midi. Accoudée au bastingage auprès de Lucien, Cassy regardait l'île s'éloigner.

Il posa sa main sur la sienne, et ce léger contact la troubla infiniment.

— Demain, nous serons à Vila, déclara-t-il. Acceptez-vous de passer encore la journée avec moi ?

L'étreinte de ses doigts se resserra légèrement.

— C'est entendu ! répondit-elle.

Qu'aurait-elle pu dire d'autre ? Elle n'avait aucune raison de refuser... et toutes les raisons pour accepter !

Elle n'osait pas le regarder, de crainte de lire dans ses prunelles cette lueur un peu ironique qu'elle y avait surprise fréquemment.

Soudain, une vague de colère mêlée à de l'humiliation la souleva. Elle dégagea sa main avec brusquerie.

— J'ai besoin de me rendre dans ma cabine. A plus tard ! fit-elle d'un ton sec.

Elle disparut avant qu'il n'ait le temps de la retenir.

Loïs n'était pas là. Cassy ouvrit la pochette intérieure de son sac et en sortit les trois photos qu'elle y avait rangées. Pour la centième fois peut-être, elle les contempla avec attention.

Lucien Hale était-il Lionel Halliday ? Ces clichés n'apportaient aucune preuve flagrante... En réalité, ils étaient si flous qu'ils auraient pu représenter n'importe qui.

— Décidément, Rudy ne m'a pas simplifié la tâche, soupira la jeune fille.

Elle rangea les photos dans leur cachette. Juste à ce moment-là, Loïs fit son entrée.

— Sais-tu ce que j'ai découvert ? s'exclama-t-elle. Il y a un milliardaire à bord !

Cassy se raidit.

— Comment as-tu appris cela ?

— En bavardant avec l'un des membres de l'équipage. Il m'a confié cela sous le sceau du secret !

— Comment s'appellerait ce milliardaire ?

Loïs eut un geste de la main.

— Je n'ai pas pensé à le demander. Il paraît qu'il est très jeune : une trentaine d'années maximum. Il loge dans l'une des suites du pont principal. Une autre de ces suites a été attribuée à un réalisateur de films… Et…

Cassy l'interrompit.

— Loïs, quelle est ta profession ?

— Je suis vendeuse dans un magasin de robes. Je ne te l'ai jamais dit ?

— Tu as manqué ta vocation ! Tu devrais travailler comme reporter ! Tu as l'art de faire parler les gens et de dénicher les petits détails qui intéressent les lecteurs !

— Crois-tu ? Je ne me vois pas du tout journaliste ! Puis-je prendre la salle de bains tout de suite ?

— Bien sûr ! fit Cassy en riant.

La vivacité de sa compagne l'amusait toujours…

— Merci !

Au moment de refermer la porte de la salle d'eau, Loïs se retourna.

— As-tu passé une bonne journée ? Je t'ai aperçue en compagnie d'un homme fort séduisant…

— Oui, oui, j'ai passé une bonne journée. Merci.

Loïs hésita un instant. Cassy eut l'impression

qu'elle allait ajouter autre chose... Mais elle choisit de se taire et s'enferma dans la salle de bains.

Dans la soirée, Cassy accompagna Loïs et Trevor au night-club. Après avoir dansé un jerk avec un passager, elle s'apprêtait à regagner sa place quand une main se posa sur son poignet.

— Venez, ordonna Lucien.

La musique était toujours très bruyante, et la plupart des couples dansaient séparés. Mais Lucien la prit dans ses bras et la maintint contre lui.

— Pourquoi vous êtes-vous sauvée, tout à l'heure ? demanda-t-il soudain.

— Je ne me suis pas sauvée ! protesta-t-elle. J'avais quelque chose à faire...

— Quoi donc ?

Elle se rejeta en arrière et le fixa droit dans les yeux.

— En voilà des questions !

Il soutint son regard.

— J'ai eu l'impression de vous agacer. Pourquoi ? Si vous n'avez pas envie de passer la journée de demain en ma compagnie, il suffit de le dire !

— Qu'allez-vous imaginer là ! s'exclama-t-elle.

Il fronça les sourcils, puis son expression se détendit.

— Peut-être me suis-je fait des idées...

— C'est mon avis ! affirma la jeune fille.

Le lendemain matin, le *Princess* se rangea le long de l'un des quais de Vila, la capitale de Vanuatu. Cette ville tropicale, plantée de cocotiers, semblait surgir d'une carte postale.

Dans les boutiques, Cassy ne se lassait pas d'admirer les vêtements en batik et les jolies blouses brodées. Elle en acheta plusieurs avant de monter dans le mini-bus qui emmenait quelques passagers à travers les plantations de coprah, jusqu'à une plage de sable fin. A seulement quelques centaines de mètres du rivage, on apercevait un îlot. En petits groupes, les touristes pouvaient s'y rendre à bord d'un bateau à fond plat dirigé par un indigène qui portait simplement un *sulu* fleuri autour des hanches. Une couronne d'hibiscus et de palmes coiffait ses boucles sombres.

Cassy nagea paresseusement dans le lagon. Puis elle fit la planche. Dans un ciel de cobalt, les cocotiers se balançaient doucement...

Décidément, l'impression de vivre à l'intérieur d'une carte postale se précisait !

« Une carte postale... Ou bien une publicité d'agence de voyages ! » songea-t-elle avec un petit rire.

Lucien émergea à ses côtés.

— Je voudrais bien partager votre gaieté !

Elle voulut reprendre pied et se piqua les orteils sur les coraux.

— Aïe ! s'écria-t-elle en éclatant de nouveau de rire.

Et, se tournant vers son compagnon :

— Je pensais que tout cela était presque trop beau ! Cependant la perfection n'est pas de ce monde... Il devrait y avoir du sable au fond de l'eau. Pas des coraux !

— Même au paradis terrestre, Eve a trouvé un serpent !

Ils déjeunèrent en plein air, sous un toit de palmes. On leur servit du poisson cuit dans des feuilles, du poulet au curry avec du riz, et une délicieuse salade composée dans laquelle Cassy découvrit un peu de noix de coco et de papaye. Un orchestre local joua des airs populaires polynésiens pendant le repas.

Une fois la dernière bouchée avalée, ils repartirent afin d'explorer les récifs à bord d'un bateau à fond de verre.

Cassy était fascinée... Les coraux paraissaient être de véritables montagnes bleues et blanches entre lesquelles se faufilaient des quantités de poissons de toutes les tailles, de toutes les formes et de toutes les couleurs...

De retour sur l'île, ils en firent le tour à pied, en suivant d'étroits sentiers bordés d'une dense végétation tropicale.

Un oiseau chanta, et Cassy leva la tête. A ce moment-là, Lucien l'attira contre lui. Leurs lèvres se rencontrèrent ; passionnément, la jeune fille répondit à ce baiser. Lucien resserra son étreinte. Elle se blottit contre lui, sentant leurs deux cœurs battre à l'unisson.

Soudain, des cris joyeux retentirent, et deux enfants apparurent au détour du chemin, suivis par leurs parents. Vivement, Cassy s'écarta, repoussant Lucien.

Ce dernier eut un soupir déçu.

— Il y a beaucoup trop de monde sur cette île ! grommela-t-il.

Il prit la main de Cassy, et ils rejoignirent les autres touristes, qui se faisaient ouvrir des noix de coco par les indigènes armés de machettes. Eux aussi en dégustèrent le lait savoureux à l'aide d'une paille, tout en flânant dans les échoppes qui proposaient des objets artisanaux.

L'heure de regagner le *Princess* arriva bien vite. Le paquebot ne devait appareiller que fort tard, et, un peu après le dîner, Cassy était accoudée au bastingage quand Lucien la rejoignit.

Un orchestre jouait sur le quai.

— Allons à terre, suggéra-t-il. Il reste une bonne heure avant le départ.

Elle le suivit dans la nuit tropicale. A pas lents, ils

remontèrent la jetée où des indigènes proposaient aux touristes des coquillages, des objets en nacre, des paniers, des bois sculptés... Sans oublier, bien entendu, les traditionnels vêtements colorés et brodés.

Cassy admira un coquillage en forme de trompe, d'un rose très délicat. Lucien l'acheta et le lui offrit. Quand elle voulut protester, il l'interrompit.

— Je vous en prie, acceptez-le sans façon! Je l'ai obtenu pour un prix ridiculement bas. Il s'agit seulement d'un coquillage, pas d'un vison!

Ensemble, ils rirent. Puis ils regagnèrent le *Princess* dont on allait bientôt larguer les amarres. Ils demeurèrent sur le pont tandis que le grand bateau s'éloignait de l'île.

La brise se rafraîchit, et Cassy frissonna. Alors Lucien l'entoura de son bras et l'emmena à l'abri du vent, derrière une écoutille.

Elle le suivit avec réticence. Tout cela, elle ne l'ignorait pas, n'était rien d'autre qu'un flirt... Un amour de vacances sans lendemain. Lucien la considérait-il comme une fille facile? Un agréable passe-temps qu'il oublierait, dès qu'il serait retourné à ses occupations?

Elle avala sa salive, mal à l'aise. Elle le connaissait depuis si peu de temps... Et, déjà, elle avait accepté ses baisers! Plus, elle les lui avait rendus!

Par ailleurs, il y avait son emploi... Rudy n'avait pas mâché ses mots. Si elle revenait en Nouvelle-Zélande sans l'interview sur laquelle il comptait, elle pouvait dire adieu à son poste de journaliste à *Citymag!*

Lucien la prit dans ses bras. Elle se raidit, et ses lèvres restèrent closes. Il posa sa joue contre celle de la jeune fille.

— Que vous arrive-t-il? murmura-t-il dans son oreille.

Elle ne répondit pas immédiatement. Elle cherchait ses mots...

— Tout cela est tellement... tellement irréel ! fit-elle enfin. Une idylle sous le clair de lune tropical..

Lucien eut un petit rire.

— L'ambiance est peut-être irréelle, mais je vous trouve, vous, bien réelle !

Il lui caressa la nuque, puis le dos.

— Je pourrais aussi vous prouver à quel point je suis, moi aussi, très réel !

Ses lèvres se posèrent sur celles de la jeune fille, tandis que ses mains glissaient de ses épaules à sa taille. Sa paume emprisonna l'un des seins de Cassy qui ferma les yeux, en proie à un trouble intense.

Reprenant soudain ses esprits, elle voulut repousser Lucien, mais, devinant son intention, il s'empara de sa main et la glissa dans l'encolure largement déboutonnée de sa chemise.

Instinctivement, elle crispa les doigts sur cette poitrine dure et musclée. Il eut un léger frémissement, tandis qu'un profond soupir s'échappait de ses lèvres.

Alors la jeune fille oublia tout... Une fièvre inconnue s'empara d'elle. Son corps s'arqua contre celui de Lucien, tandis qu'elle lui tendait ses lèvres entrouvertes.

Il s'en empara, et ils s'embrassèrent interminablement... Quand, enfin, il releva la tête, elle aurait été incapable de dire combien de temps ce baiser avait duré. Quelques instants ? Ou bien des heures ?

Ses jambes ne la portaient plus. La flamme du désir la possédait tout entière. Les baisers de Lucien n'avaient fait qu'accroître son ardeur. Elle rêvait maintenant à d'autres baisers, d'autres étreintes, d'autres caresses encore plus passionnées... Elle rêvait à l'assouvissement de tous ses sens, de tout son corps exacerbé de passion.

En même temps, la petite voix de la raison tentait de se faire entendre. Il fallait absolument qu'elle se ressaisisse !

— Cassy... fit doucement Lucien dans son oreille. Venez, je vous en prie... Venez dans ma cabine !

Elle parvint à se dégager.

— Venez ! répéta-t-il.

— Non.

— Pourquoi ? Vous en avez envie, tout autant que moi !

Elle se sentit rougir. Heureusement, dans l'obscurité, il ne pouvait pas s'en apercevoir.

— Non, répéta-t-elle. Je... je vous connais à peine !

Il eut un rire dur.

— Il y a quelques instants, vous ne m'opposiez pas de tels arguments !

Peu à peu, elle retrouvait sa maîtrise d'elle-même.

— Nous nous sommes vus pour la première fois voilà à peine quarante-huit heures. Je ne... euh... je veux dire que d'habitude...

Elle s'interrompit.

— Vous n'êtes pas ce genre de fille ? demanda-t-il. Est-ce cela que vous cherchez à me faire comprendre ?

— Cela peut paraître ridicule d'admettre cela de nos jours. Mais c'est ainsi...

Un silence s'éternisa avant que Lucien ne reprenne la parole.

— Dites-moi... Selon vous, combien de temps après avoir lié connaissance un homme et une femme peuvent-ils...

— Cela dépend des circonstances, coupa-t-elle. Et aussi du caractère de cet homme et de cette femme.

— Ah ? fit-il avec une certaine ironie.

Il haussa les épaules.

— Courez vite rejoindre votre cabine, petite fille !

Elle se redressa, soudain submergée par la colère.

— Vous n'avez pas à me parler sur ce ton méprisant ! s'écria-t-elle rageusement. Ce n'est pas parce que vous avez des mœurs dissolues que... que...

Hors d'haleine, elle laissa sa phrase en suspens. L'indignation l'étouffait.

Lucien lui barra le passage alors qu'elle cherchait à s'enfuir.

— Excusez-moi, fit-il d'une voix glaciale. A l'avenir, je vous éviterai... A aucun prix, en effet, je ne voudrais choquer votre chaste personne par l'étalage de mes « mœurs dissolues » !

Il fit deux pas en arrière. Maintenant, elle pouvait partir... Mais elle demeurait figée sur place.

— Ne restez pas ici à me provoquer si vous tenez à votre vertu ! lança-t-il encore.

Sa voix était aussi cinglante qu'un coup de fouet... Des larmes de colère et d'humiliation roulaient sur les joues de Cassy tandis qu'elle s'enfuyait à toutes jambes.

3

Il fallait compter deux jours de navigation avant d'atteindre Suva.

La mer, si calme jusqu'à présent, était maintenant très agitée, et de nombreux passagers étaient en proie au mal de mer. Il y avait toujours une file d'attente devant l'infirmerie...

Si les mouvements du bateau n'affectaient pas Cassy, Loïs était en assez mauvais état... Elle passait le plus clair de son temps allongée sur une chaise longue, en s'efforçant d'oublier les spasmes de son estomac.

Cassy ne cessait de penser à Lucien... Elle l'avait aperçu deux ou trois fois sur le pont. Il s'était contenté de lui adresser un signe de tête distant avant de lui tourner le dos.

Elle le vit une autre fois dans l'un des bars en compagnie de son partenaire au jeu d'échec — cet homme dont le visage assez insignifiant arborait toujours la même expression ennuyée —, et d'une blonde incendiaire. Le genre de fille sur laquelle tous les hommes se retournent...

Navrée, elle se disait qu'elle avait bien mal joué ses cartes! Elle était maintenant persuadée que Lucien Hale et Lionel Halliday ne faisaient qu'une seule et même personne. En effet, personne d'autre à bord ne pouvait correspondre à la description du milliardaire. Et, parce qu'elle lui avait parlé sans réfléchir, elle avait gâché toutes ses chances d'obtenir l'interview sur laquelle comptait tant Rudy !

Enfin, le *Princess* arriva à Suva. Ravie de retrouver la terre ferme, Loïs fut l'une des premières à quitter le paquebot. Cassy l'accompagna et ensemble, elles marchandèrent dans les échoppes proches du quai. Après avoir acheté quelques objets artisanaux, elles allèrent flâner entre les étals du marché, fascinées par les pyramides de fruits tropicaux.

Elles firent encore d'autres achats : des robes en cotonnade peinte à la main. Cassy tomba ensuite en arrêt devant un collier en argent ciselé par un artisan indigène. Il était si joli qu'elle ne put résister au plaisir de l'acquérir.

Elle le mit aussitôt, et elle le portait encore le soir, quand elle partit en excursion avec Loïs et Trevor. Trois autocars bondés quittèrent le quai. Les passagers du *Princess* étaient nombreux à vouloir assister à la marche sur le feu, un spectacle rituel des îles Fidji.

Celui-ci fut précédé par quelques danses traditionnelles. Les danseurs, vêtus de pagnes en raphia, coiffés de fleurs et de feuilles, se produisaient devant un grand feu qui éclairait la scène improvisée d'une lueur fantasmagorique. L'ensemble donnait une impression assez grandiose de fête païenne.

Puis les hommes se mirent à sauter au-dessus du feu. Ensuite, l'un derrière l'autre, ils *marchèrent* sur le foyer...

Les assistants, stupéfaits, retenaient leur souffle. Les indigènes vinrent ensuite présenter la plante de leurs pieds à l'assistance... Ils venaient de fouler les braises rougeoyantes, et pourtant aucune trace de brûlure n'était visible !

L'heure était venue de regagner le paquebot ; les

voyageurs reprirent place dans les autocars. Loïs et Trevor s'étaient assis côte à côte. Cassy trouva une place un peu plus loin. Le siège voisin du sien resta inoccupé. Soudain, une silhouette se pencha vers elle.

— Ce siège est-il libre ? s'enquit Lucien.

Le sourire de la jeune fille mourut sur ses lèvres.

— Mais oui, répondit-elle sèchement.

Elle tourna la tête vers la fenêtre. Celle-ci était dépourvue de vitre. Elle était simplement protégée par un rideau attaché de plusieurs liens.

Quand l'autobus s'ébranla, il y eut un courant d'air. Malgré elle, Cassy frissonna.

— Tenez...

Lucien posa sur ses épaules un chandail de laine.

— Merci, murmura-t-elle. Mais... vous ?

— Oh, je n'en ai pas besoin.

Il portait un pantalon blanc et une chemise brune dont le col était ouvert et les manches roulées. Non, il ne semblait pas avoir froid. Pourtant le vent faisait voler ses cheveux, tout comme ceux de Cassy.

L'une des mèches de la jeune fille se prit dans son collier d'argent. Elle tenta de la dégager mais n'y parvint pas.

— Laissez-moi faire ! déclara Lucien.

En quelques instants, il y réussit. Ses doigts s'attardèrent une brève seconde sur le cou de sa voisine...

— Voilà ! lança-t-il en la lâchant.

— Merci.

Elle marqua une légère hésitation avant d'ajouter :

— Lucien, je regrette ce que j'ai dit l'autre soir au sujet de vos mœurs. Je n'avais aucun droit de... de parler ainsi.

Il la fixa d'un air pensif, puis il eut un petit sourire.

— Moi aussi, j'ai des excuses à vous présenter,

murmura-t-il. Je me suis montré trop entreprenant... trop brusque, peut-être...

Elle ne le regardait pas. Il posa son index sous son menton et la força à lever la tête. Ses yeux gris étaient graves. Il déposa un rapide baiser sur les lèvres de Cassy avant de se laisser retomber sur son siège. Indiquant le collier d'argent, il demanda :

— C'est nouveau ? Vous l'avez acheté ici ?

— Oui. Qu'en pensez-vous ?

— Il est très joli et vous va bien.

Changeant de sujet de conversation, il poursuivit :

— Cela vous a-t-il plu de voir les danseurs marcher sur le feu ?

— Si cela m'a plu ? Je ne crois pas que ce soit le mot qui convienne... Disons que j'ai été fascinée ! Je n'ai pas l'impression qu'ils trichent. A votre avis, y a-t-il un « truc » ?

— Non. Des experts ont étudié le phénomène sans parvenir à l'expliquer.

Ils bavardaient sans contrainte, comme s'il n'y avait jamais eu de mésentente entre eux.

Quand ils regagnèrent le *Princess*, la jeune fille rendit à Lucien le pull qu'il lui avait obligeamment prêté.

— Venez-vous prendre un verre avec moi ? proposa-t-il.

— Volontiers ! répondit-elle sans hésiter un seul instant.

Il l'accompagna ensuite jusqu'à la porte de sa cabine et, avant de la quitter, l'embrassa doucement sur la tempe.

Loïs était en train de lire. Elle s'assit sur sa couchette en voyant entrer son amie.

— Alors, tout s'est arrangé ?

Cassy sourit.

— Je crois...

Loïs, avec tact, n'avait fait aucun commentaire en

constatant que sa compagne de voyage évitait Lucien. C'était la première fois qu'elle abordait le sujet...

— Tant mieux ! s'exclama-t-elle avec chaleur. Cette croisière dure seulement deux semaines... Il ne faut pas perdre de temps bêtement !

Tout en se préparant à se mettre au lit, Cassy se remémorait les paroles de Loïs. Cette dernière avait raison... Le temps était mesuré ! Et cette brouille lui avait fait perdre quarante-huit heures !

Le lendemain matin, de bonne heure, le *Princess* jeta l'ancre non loin de Savu-Savu, l'une des autres îles de l'archipel des Fidji.

Les passagers qui le désiraient pouvaient aller à terre en hors-bord. Lucien, que Cassy avait rencontré après le petit déjeuner, lui proposa d'aller visiter l'île.

Un soleil tropical pesait sur les bananiers, les arbres à pain et les palmiers. La route blanche paraissait aveuglante. Des frangipaniers et des flamboyants l'ombrageaient à peine...

Comme dans toutes les îles, on trouvait partout de nombreuses échoppes proposant aux touristes les inévitables objets artisanaux, des coquillages, des vêtements brodés et des bijoux fantaisie.

Inexplicablement, Cassy se sentait attirée par un minuscule îlot que l'on discernait, non loin de la plage.

Un jeune indigène proposa de les y conduire. Mais son canot était en si mauvais état que pas plus Cassy que Lucien ne souhaitaient embarquer dans de telles conditions.

— Si je déniche un bateau qui m'inspire confiance, voulez-vous que nous allions visiter cette île dans le courant de l'après-midi ? demanda Lucien.

La jeune fille contempla ce paysage de rêve : sur la mer très bleue se détachaient quelques palmiers entourés d'un cercle de sable doré.

— Croyez-vous qu'elle soit aussi jolie de près que de loin ?

— Pour le savoir, il faut aller voir !

Après avoir déjeuné à bord du *Princess,* ils montèrent dans une barque beaucoup plus sûre que la première ! Cassy portait un sac de toile dans lequel elle avait jeté des serviettes de bain.

Le pêcheur fit échouer son bateau sur le sable et Lucien sauta à terre. Puis il tendit la main à Cassy pour l'aider à descendre.

Ils se dirigèrent tout d'abord au bout de la plage où s'élevait la carcasse d'un grand navire naufragé.

— Voulez-vous le visiter ? s'enquit Lucien.

Elle secoua négativement la tête.

— Non. Ce n'est guère engageant... Et nous risquons de nous rompre le cou en passant au travers de planches pourries !

— Vous avez raison.

Ils gravirent la colline plantée de cocotiers et redescendirent de l'autre côté. Maintenant, ils ne voyaient plus que le Pacifique, très bleu sous le ciel limpide.

Cassy s'arrêta. Ses pieds nus s'enfonçaient dans le sable blanc. Du bout de l'orteil, elle retourna un coquillage rose. Une légère brise apportait l'odeur de la mer, mêlée au parfum des fleurs.

— Un vrai rêve ! soupira-t-elle. Lucien, pincez-moi pour me réveiller !

— J'ai une meilleure idée !

Il l'enlaça et l'embrassa. Ses lèvres étaient chaudes, douces... Cassy noua ses bras autour de sa nuque et lui rendit son baiser.

Quand il releva la tête, elle sourit.

— Je rêve toujours...

Il rétrécit légèrement les yeux, et la jeune fille retint sa respiration. Puis les lèvres de Lucien s'étirèrent dans un sourire qui ressemblait plutôt à une grimace et il la lâcha.

— J'ai envie de me baigner, décida-t-il. Et vous ?

— Moi aussi.

Elle était en bikini sous le *sulu* qu'elle avait acheté à Suva. Vivement, elle défit le nœud qui maintenait la légère cotonnade. Celle-ci tomba sur le sable.

Lucien était déjà en maillot. Un maillot noir qui faisait paraître ses hanches encore plus étroites. Il prit Cassy par la main et ils coururent vers les premières vagues.

Ensuite, ils s'étendirent au soleil, dont les rayons brûlants ne tardèrent pas à les sécher. Cassy ferma les yeux. Les palmes des cocotiers dessinaient des ombres sur son visage. L'ombre devint soudain plus intense... C'était Lucien qui se penchait au-dessus d'elle.

Ses lèvres prirent les siennes. Très doucement, d'abord, tandis que ses mains glissaient sur la peau nue de Cassy dans des caresses de plus en plus précises.

Elle ouvrit les yeux. Il lui sourit et murmura :

— Non, vous ne rêvez pas !

Et, de nouveau, il l'embrassa.

La première impulsion de Cassy fut de se lover contre lui en s'abandonnant à la passion qui la submergeait. Mais au lieu de cela, elle se raidit, le repoussa.

— Cassy, laissez-moi vous embrasser !

Ses lèvres coururent sur la gorge de la jeune fille, sur ses épaules ; elle frissonnait de plaisir.

— Non, Lucien ! parvint-elle cependant à dire.

— Pourquoi non ?

— Je vous en prie ! Laissez-moi !

Il obéit. Curieusement, il ne semblait pas fâché...

— Excusez-moi... fit-elle d'une voix à peine audible.

— Des excuses, maintenant ? Et pourquoi donc ?

Sa voix se fit ironique.

— Pour ne pas me désirer assez ?

Cassy avala sa salive et entoura ses genoux de ses bras.

— Pour... pour vous avoir laissé aller trop loin, avoua-t-elle. Alors que je...

Elle termina sa phrase d'un geste vague et soupira. Lucien s'agenouilla près d'elle. Il lui prit la main et déposa un léger baiser au creux de sa paume.

— Ne parlons plus de cela...

Elle le fixa, les sourcils froncés.

— Ne prenez pas cet air inquiet ! s'exclama-t-il. Si nous allions nous promener un peu ?

Ils firent le tour de l'île. Non, Lucien ne paraissait pas lui en vouloir et elle lui en était reconnaissante.

Bientôt le pêcheur les appela : il était temps de regagner le *Princess*.

Ce soir-là, les passagers pouvaient dîner où bon leur semblait, sans que les places soient réservées comme depuis le début de la croisière. Lucien retint le bras de la jeune fille.

— Acceptez-vous de dîner avec moi ?

— Bien sûr. Cela me ferait plaisir !

Ils dînèrent à une table dressée pour deux. A bâtons rompus, ils parlèrent de tout et de rien : de littérature, de spectacles... La plupart du temps, leurs goûts étaient les mêmes. Pourtant, sur certains points, ils divergeaient, ce qui était l'occasion de discussions passionnantes.

En terminant son café, Lucien déclara :

— Demain soir, une soirée polynésienne est prévue à bord. Avez-vous un pagne en raphia ?

Elle se mit à rire.

— Non. Je mettrai mon *sulu*... Et je fixerai une fleur dans mes cheveux ! Oh, il ne faut pas que j'oublie d'assister au cours de danse polynésienne qui sera donné demain matin !

— De quel côté porterez-vous la fleur ?

— Comment cela ? s'étonna-t-elle.

— Vous n'êtes pas au courant ? Si vous la portez à droite, cela signifie que votre cœur est pris. Si vous la portez à gauche, vous êtes libre...

Il marqua une pause avant d'ajouter :

— Portez-la à droite, Cassy !

Elle ne put soutenir son regard et détourna la tête. Oh, il plaisantait, bien sûr... Elle savait bien que, pour lui, elle ne représentait rien d'autre qu'un simple flirt de vacances.

Le lendemain soir, elle n'avait pas de fleur dans les cheveux. Lucien haussa un sourcil en l'apercevant.

— Vous n'avez pas encore pris de décision ? s'enquit-il en souriant.

Il s'empara de son bras et l'emmena vers les salons. L'orchestre jouait les airs langoureux des îles, et les passagers se mirent à danser.

Loïs tira Cassy sur la piste. Toutes deux n'avaient-elles pas été parmi les élèves les plus douées du cours de danse qui avait eu lieu le matin même ?

Sur le moment, Cassy ne comprit pas qu'il s'agissait d'un concours. Elle se trouva assez gênée lorsqu'il lui fallut répéter les mouvements en compagnie d'une demi-douzaine de finalistes. Elle obtint le second prix et rejoignit Lucien chargée d'une grosse boîte de chocolats et d'un agenda sur lequel était gravé le nom du bateau.

— Bravo ! s'exclama-t-il. J'ignorais que vous aviez ces talents cachés.

— Oh, j'en ai beaucoup d'autres ! s'exclama-t-elle d'un ton léger.

Son cœur se serra. Bientôt, elle devrait lui avouer qui elle était en réalité. Accepterait-il alors de lui pardonner cette tromperie ? Et de lui donner l'interview impatiemment attendue par le directeur de *Citymag* ?

Cependant ce n'était ni le moment, ni le lieu de parler...

L'orchestre se remit à jouer.

— Voulez-vous danser ? demanda Lucien.

Il l'enlaça. Serrés l'un contre l'autre, ils bougeaient à peine... Cassy aurait voulu que cet instant dure éternellement. Elle était si bien dans ses bras !

Mais la musique s'interrompit. Sans enthousiasme, elle se dégagea, et ils se dirigèrent vers leur table.

La jolie blonde avec laquelle Cassy avait vu Lucien quelques jours auparavant était assise un peu plus loin. Elle fixait son verre d'un air morose.

Quand elle aperçut Lucien, elle lui adressa un large sourire.

— Oh, puis-je m'asseoir avec vous ? Je me sens tellement seule... Si vous saviez à quel point je m'ennuie !

Lucien fit les présentations, et Cassy apprit ainsi que celle qu'elle nommait dans son for intérieur « la blonde incendiaire » s'appelait en réalité Patsy.

Elle portait une tunique de soie rouge largement fendue sur le côté. A côté d'elle, Cassy se sentait bien ordinaire dans son *sulu* de cotonnade...

Lucien commanda des boissons. L'orchestre se remit à jouer, et Patsy, ostensiblement, battit la mesure en frappant le sol de la pointe de sa sandale, tout en fredonnant.

— Il faut que je la fasse danser, murmura Lucien à l'oreille de Cassy. Cela ne vous ennuie pas ?

Un grand sourire éclaira le visage de Patsy quand il l'invita. Vivement, elle se leva et courut presque vers la piste. Jetant ses bras autour du cou de Lucien, elle se colla contre lui...

Un serveur apporta les boissons. Cassy regardait les verres sans vraiment les voir. Elle s'efforçait de se persuader que tout cela lui était bien égal... Que Patsy et Lucien soient attirés l'un par l'autre, quelle importance ?

« Toi, ma fille, se dit-elle presque rageusement, tu n'as qu'un seul but : obtenir cette interview. Un point c'est tout ! »

Patsy et Lucien ne tardèrent pas à la rejoindre. Patsy, les joues rosies et les yeux pleins d'animation, ne cessait de bavarder. Lucien la regardait avec une indulgence amusée.

« Il considère les femmes comme des jouets ! Des pantins ! songea Cassy. En ce moment, il est ravi parce qu'il s'imagine que Patsy et moi nous disputons ses faveurs ! »

Elle serra les lèvres. S'il s'imaginait qu'elle allait entrer dans ce jeu ! Elle aurait voulu s'éclipser, mais sa disparition aurait été mise sur le compte de la mauvaise humeur. Elle resta donc et s'efforça de faire bonne figure.

Se tournant vers Patsy, elle lui adressa un sourire amical et lui demanda ce qu'elle faisait dans la vie.

— Je suis mannequin, répondit la jeune fille.

La conversation fut assez difficile à engager. Il était évident que Patsy considérait comme du temps perdu le fait de bavarder avec une autre femme... Cependant Cassy n'était pas journaliste pour rien ! Adroitement, elle sut diriger la conversation, et, moins de cinq minutes plus tard, Patsy lui racontait comment elle avait débuté dans la carrière de cover-girl.

Soudain, Lucien posa sa main sur l'épaule de Cassy.

— Nous dansons ?

Elle se leva, un peu réticente.

— Je regrette que Patsy se soit jointe à nous, déclara-t-il une fois qu'ils furent hors de portée de voix. Pauvre petite... Elle ne s'amuse guère dans la vie. Je n'ai pas voulu la blesser !

— Non, bien sûr.

— J'aurais aimé passer la soirée seul avec vous.

— Vous n'êtes pas à plaindre, entre Patsy et moi, vous êtes bien entouré ! lança-t-elle avec entrain.

— Nous pourrions fuir à l'anglaise, suggéra-t-il.

— Certainement pas ! J'ai trouvé cette conversation avec Patsy très intéressante. Elle mène une vie passionnante !

— Oh, elle n'en est pas arrivée à la meilleure partie ! remarqua-t-il d'un ton sec. Cela n'est pas fait pour vos oreilles...

— Vous croyez que je me choque si facilement ? coupa-t-elle. Je suis une...

Elle s'interrompit brusquement. Elle avait failli dire : « Je suis une journaliste. »

— Je ne suis plus une gamine, reprit-elle plus doucement.

Quand l'orchestre se tut, ils retournèrent près de Patsy qui se trouvait maintenant en compagnie d'un jeune homme brun qu'elle présenta brièvement :

— Voici Tony !

Ce dernier la contemplait avec une admiration non feinte. Mais, de toute évidence, Patsy souhaitait qu'il s'intéresse à Cassy, pendant qu'elle-même monopoliserait Lucien...

Tout cela aurait pu être très drôle, mais Cassy n'était pas d'humeur à s'amuser.

La mer était redevenue mauvaise, et quand elle vit

Loïs se diriger vers la sortie, Patsy saisit ce prétexte pour fausser compagnie à Lucien et à ses amis.

Loïs était blanche comme un linge...

— J'ai de nouveau le mal de mer ! soupira-t-elle. C'est navrant... Cela me gâche tout mon plaisir. Je vais me coucher !

— Veux-tu que je descende avec toi ?

— Sûrement pas ! Je suis capable de retrouver notre cabine toute seule. Une fois allongée, je me sentirai mieux.

Cassy accompagna cependant son amie jusqu'à l'ascenseur. Au moment où les portes se refermaient, une main se posa sur son bras.

— Venez ! fit Lucien.

— Où ? Et qu'avez-vous fait de Patsy et...

— Patsy est avec Tony. Elle n'a pas besoin de moi !

Il l'emmena sur le pont. Remarquant ses lèvres serrées et ses yeux assombris, Cassy lança avec amusement :

— Seriez-vous jaloux ?

— Jaloux ? De Patsy ? Vous plaisantez !

— Je ne vois pas pourquoi. Elle est ravissante... Et vous lui plaisez, c'est indéniable !

Une brise légère souleva les cheveux de la jeune fille ainsi que la cotonnade de son *sulu*. Les vagues frappaient la coque du grand navire.

— Patsy ne s'intéresse à personne d'autre qu'à elle-même ! scanda Lucien. Et si quelqu'un est jaloux, il me semble plutôt que cela devrait être vous !

— Moi ? C'est ridicule ! protesta-t-elle.

— Croyez-vous ?

Il l'attira contre lui et ses lèvres errèrent sur son joli visage. Quand elles s'approchèrent de sa bouche, elle détourna la tête.

— En tout cas, vous paraissiez trouver tout cela très divertissant ! accusa-t-elle.

— J'avoue que la situation était assez cocasse ! Un thème pour une bonne comédie... Cependant je ne tiens pas à y tenir un rôle.

Son ton redevint sérieux.

— Cassy, laissez-moi vous embrasser ! J'en meurs d'envie depuis le début de la soirée !

Il l'étreignit plus fort, et sa bouche trouva celle de la jeune fille, étouffant son exclamation de protestation.

Elle tenta tout d'abord de le repousser, puis elle s'abandonna complètement à ses baisers, y répondant avec passion.

Enfin, Lucien releva la tête et la contempla sans mot dire.

— Vous êtes ravissante, murmura-t-il enfin.

Il resserra son étreinte.

— Je vous désire. Vous le savez, n'est-ce pas ?

Elle posa sa tête contre son épaule. Du bout des doigts, elle caressait sa poitrine dont elle sentait les muscles solides au travers de la fine chemise de soie.

— Cassy... A quoi pensez-vous ?

Ce qu'elle pensait ? Qu'elle aussi le désirait... Et cette constatation la stupéfiait... Il y avait tellement peu de temps qu'elle le connaissait ! Comment avait-elle pu, si vite, en arriver là ?

Oh, il n'était pas question d'amour... Il s'agissait là d'une simple attirance physique. Cependant sa raison ne parvenait pas à lutter contre cette attirance. Dès que Lucien la touchait, elle ne se dominait plus...

— A quoi pensez-vous ? redemanda-t-il.

— Que je ferais mieux de regagner ma cabine.

Il eut un rire sourd.

— Oh, Cassy...

Ses lèvres se posèrent sur son front, ses tempes...

Elles descendirent sur sa joue, atteignirent son cou...

— Etes-vous absolument sûre que vous n'êtes pas... « ce genre de fille » ? s'enquit-il doucement.

— Je suis sûre, en tout cas, que je ne veux pas le devenir !

Avec fermeté, elle se dégagea.

— Auriez-vous des scrupules ? demanda-t-il.

— Vous pouvez vous moquer de moi si vous voulez !

— Je ne me moque pas de vous, non.

Il soupira.

— Allons, je vous raccompagne à votre cabine.

— Je préfère m'y rendre seule.

— Comme vous voulez...

Elle se sentait si près de céder qu'elle redoutait de se trouver plus longtemps en sa compagnie... Sa réaction la stupéfiait, mais elle en était surtout effrayée. Que lui arrivait-il donc ?

Pourtant, ce n'était pas la première fois qu'un homme l'embrassait ! Une ou deux fois, elle avait même cru être amoureuse... Et on l'avait déjà demandée en mariage. Cependant, jamais elle n'avait ainsi perdu la tête !

Et pourquoi fallait-il que ce soit à cause de *lui*, justement ? A son trouble s'ajoutait l'angoisse de devoir lui avouer bientôt son mensonge.

4

Le lendemain, après s'être baignés dans la piscine, Cassy et Lucien regardèrent quelques passagers jouer au palet.

La jeune fille leva la tête vers son compagnon, et les battements de son cœur s'accélérèrent. Il était tellement séduisant... Il s'était contenté de passer un pantalon de toile sur son maillot, et le soleil jouait sur son torse nu couleur pain d'épices.

Il haussa un sourcil en rencontrant le regard de Cassy. Alors elle tourna vivement la tête, faisant mine de s'intéresser au jeu.

— Vous réfléchissez trop, Cassy! remarqua-t-il doucement. Voilà votre problème... Pourquoi ne pas profiter de l'instant présent?

Il avait une voix chaude, aux intonations cultivées mais sans la moindre affectation. Dès les premiers instants, elle avait été sous le charme de cette voix.

— Profiter de l'instant présent... répéta-t-elle. Est-ce votre but dans l'existence?

Il haussa les épaules.

— Ici, oui, car nous sommes en vacances... C'est l'occasion d'oublier la vie de tous les jours. Qui sait? Pendant que nous allons ainsi d'île en île, de terribles catastrophes s'abattent peut-être sur le globe. Nous ne recevons pas de journaux, nous ne voyons pas la télévision, nous...

Elle éclata de rire.

— Oh, je suis sûre que le capitaine et son équipage restent en contact avec le monde extérieur !

Joignant son rire au sien, il s'empara de sa main.

A ce moment-là, Patsy les interpella.

— Bonjour, vous deux !

Cassy reconnut son compagnon : c'était l'homme qui jouait aux échecs avec Lucien, la première fois qu'elle avait vu ce dernier.

Elle adressa un sourire à la jeune fille.

— Bonjour, Patsy ! fit-elle amicalement.

— Je viens justement de raconter à Hal comme vous avez été gentils avec moi, hier soir, quand je me trouvais toute seule...

Sa voix était gaie. Un sourire de commande étirait ses lèvres. Cependant ses yeux demeuraient inquiets. Il était visible qu'elle cherchait à se raccrocher à n'importe qui, à n'importe quoi...

— Nous avons passé une bonne soirée ensemble, Patsy ! assura Cassy avec chaleur.

— Dommage que vous ne soyez pas venu ! dit Lucien à son partenaire d'échecs.

— Oh, le pauvre ! s'exclama Patsy. Il avait le mal de mer... Pauvre, pauvre chéri...

Le *pauvre chéri* grommela quelques mots inintelligibles. Il ne devait pas être encore tout à fait remis, songea Cassy. Il paraissait de bien mauvaise humeur : les épaules voûtées, il fixait obstinément le bout de ses chaussures.

Patsy, qui s'efforçait d'égayer l'atmosphère, s'exclama avec un entrain forcé :

— Mais tu ne connais pas Cassy, mon chéri ! Cassy, laissez-moi vous présenter...

Il l'interrompit.

— Nous nous sommes déjà vus.

Il adressa un signe de tête bref à la jeune fille.

— Eh bien, à plus tard, marmonna-t-il entre ses dents.

Sur ces mots, il fit demi-tour, entraînant Patsy qui avait peine à le suivre sur les talons démesurés de ses sandales.

Assez étonnée, Cassy leva les yeux vers Lucien.

— Patsy est la femme de cet ours ?

Une lueur ironique dansa dans les prunelles grises de son compagnon.

— Pas tout à fait.

— Oh...

Elle avala sa salive.

— Je ne comprends pas... Elle est si jeune et si jolie ! Comment peut-elle s'intéresser à un homme tellement désagréable ?

— Ma foi, il est loin d'être pauvre !

— Vous êtes cynique !

Il haussa les épaules.

— Voyez-vous, Patsy est « ce genre de fille » dès qu'il est question d'argent.

Sans réfléchir, Cassy demanda :

— Est-il plus riche que vous ?

Lucien marqua une pause avant de répondre par une autre question :

— Pourquoi pensez-vous que je suis riche ?

Elle avait déjà conscience de sa gaffe. Vivement, elle s'empressa de donner une réponse plausible :

— Parce que, hier soir, Patsy multipliait les manœuvres de séductions à votre égard. Ne prétendez pas n'avoir rien remarqué !

— Patsy est-elle la seule ?

Cassy devint écarlate. Pivotant sur elle-même, elle s'accouda au bastingage et s'absorba dans la contemplation du sillage d'écume qui suivait le *Princess*.

Lucien emprisonna sa main.

— Cassy... Pourquoi, le premier jour, avez-vous fait tomber votre sac à mes pieds?

Elle tenta de dégager sa main, mais il l'en empêcha.

— Etait-ce parce que vous pensiez que j'étais riche? insista-t-il.

— Non, assura-t-elle avec sincérité. Je voulais... faire votre connaissance.

— N'ayez pas l'air si bouleversée! Votre intérêt m'a flatté... dès que j'ai su que vous n'aviez pas d'autres motifs.

Elle ferma les yeux.

— Lucien, je...

Il l'interrompit.

— Vous savez, moi aussi je vous avais remarquée. Je me serais bien arrangé pour vous parler!

Elle souleva les paupières. Il lui souriait, l'air sûr de lui.

— Je ne suis pas la première fille à me jeter à votre tête? interrogea-t-elle.

— Non. Mais en général, les autres ont de bonnes raisons pour cela... Ce n'est pas mon charme irrésistible qui les attire!

Il crispa les mâchoires.

— Cassy, j'ai quelque chose à vous avouer...

Elle se raidit. Le moment était venu... Il allait lui dire qui il était en réalité!

— Je ne suis pas un homme d'affaires, mais un réalisateur de cinéma. Et quand vous m'avez en quelque sorte assailli, j'ai tout de suite pensé que vous cherchiez, comme tant d'autres, à faire une carrière artistique sans passer par... euh... par les filières normales.

Elle demeura silencieuse. Il prétendait lui avouer la vérité! Et il mentait si effrontément... La déception et l'amertume l'envahirent. Cependant, elle ne devait pas lui montrer à quel point elle était déçue. Elle s'efforça de rire.

— Je me suis montrée si maladroite ce jour-là que vous en avez certainement conclu que je n'avais aucun don de comédienne !

— Et par la suite, j'ai compris que l'idée de faire du cinéma ne vous avait jamais effleurée !

Cassy avait l'impression d'être prise dans une toile d'araignée. Tout se compliquait d'instant en instant...

Quand, un peu plus tard, elle se retrouva seule dans sa cabine, elle tenta de mettre de l'ordre dans ses pensées.

Et si elle s'était trompée depuis le commencement ? Si Lucien Hale n'était pas Lionel Halliday ?

Elle haussa les épaules. Elle savait, au fond d'elle-même, qu'elle l'avait identifié.

Mais pourquoi lui avait-il menti ?

Une idée lui vint... Un milliardaire pouvait avoir un violon d'Ingres. Et il était possible que Lionel Halliday soit un passionné de cinéma. N'était-il pas plus aisé de dire : « je suis metteur en scène », plutôt que : « je suis un homme d'affaires milliardaire » ?

Le *Princess* pénétra dans le port de Nuku'alofa — leur dernière escale —, pendant qu'un orchestre jouait sur le quai pour accueillir les passagers.

Lucien réserva un taxi ; le chauffeur promit de les emmener visiter les centres d'intérêt de l'île.

Il les conduisit tout d'abord au palais, dont les bâtiments, d'architecture victorienne, se reflétaient dans l'eau. Il leur fit ensuite traverser la ville avant de les emmener en pleine campagne. Des villas coloniales traditionnelles étaient entourées de cocotiers, de bananiers et d'arbres à pain. Puis ils suivirent une étroite route en corniche, pour parvenir à un amoncellement de rochers sur lesquels se brisaient les vagues.

Lucien demanda au chauffeur de les attendre — le temps qu'ils fassent une promenade sur la plage de sable fin.

— Etiez-vous déjà venu dans cette île ? s'enquit Cassy.

Au cours de leurs conversations, elle avait découvert qu'il était un infatigable voyageur. Il connaissait l'Europe, les Etats-Unis, et avait déjà visité plusieurs des îles polynésiennes.

— Non, répondit-il. A vrai dire, je connais peu le Pacifique... C'est la raison pour laquelle j'ai choisi cette croisière. Peut-être me donnera-t-elle des idées...

— Des idées ?

— Pour un film.

Cassy détourna la tête. Son visage était soudain devenu très froid.

— Je vous ennuie ! s'excusa-t-il. J'oubliais que vous ne vous intéressiez pas au cinéma.

— Mais non, vous ne m'ennuyez pas !

Ce qui l'agaçait, c'était de l'entendre altérer la vérité. Pourquoi se complaisait-il dans un tel tissu de mensonges ?

Elle se baissa et s'empara d'un coquillage délicatement rosé.

— Comme il est joli ! Je vais le garder en souvenir.

Lucien eut un sourire amer.

— Il est très joli, en effet.

De retour à bord du *Princess,* la jeune fille enveloppa soigneusement le coquillage avant de le ranger dans un coin de sa valise.

Lucien l'avait embrassée sur la plage, avant qu'ils ne retrouvent le taxi. Ç'avait été un baiser bref, dépourvu de passion.

Il l'embrassa de nouveau ce soir-là sur le pont, presque brutalement, et quand elle le repoussa, il l'enveloppa d'un regard étrange.

— Cela vous amuse d'ensorceler les hommes sans jamais rien leur accorder ?

— Je ne suis pas une allumeuse comme vous semblez le croire ! protesta-t-elle, à la fois humiliée et furieuse.

Elle voulut se diriger vers le bar mais il la retint et la prit dans ses bras. Doucement, il lui caressa le dos, puis sa main emprisonna l'un de ses seins.

— Je sens votre cœur battre... Donnez-moi vos lèvres !

Au début, elle se débattit. Mais la passion l'emporta et elle répondit aux baisers de Lucien, tandis que son corps frémissait sous ses caresses expertes.

Soudain, elle se raidit.

— Arrêtez, Lucien !

Il crispa ses doigts contre son épaule, si fort que ses ongles pénétrèrent dans sa chair.

— Et vous affirmez ne pas être une allumeuse ? lança-t-il, sarcastique.

— Je vous en prie... murmura-t-elle.

Il se ressaisit et passa la main sur son front.

— Je n'aurais pas dû vous amener à l'écart.

— Je n'aurais pas dû vous suivre, dit-elle en écho.

— Pourquoi l'avez-vous fait ?

— Parce que... parce que... balbutia-t-elle. Je... je ne sais pas !

— Parce que vous aimez jouer avec le feu ? suggéra-t-il. Attention, Cassy ! Vous risquez de vous y brûler les ailes !

Elle ne répondit pas. N'avait-il pas raison, au fond ? Pourquoi se conduisait-elle ainsi ? Il ne fallait pas qu'elle se trouve seule avec lui, car elle perdait immédiatement la tête.

Et puis il n'était pas homme à se contenter éternellement de baisers...

Elle se mordit la lèvre inférieure. Oh, si elle n'avait pas eu besoin à tout prix de cette interview, elle aurait trouvé en elle suffisamment de courage pour le repousser !

Sans chercher à prolonger la discussion, il l'emmena danser. Les yeux clos, Cassy se laissa aller sur sa poitrine, joue contre joue...

Il l'accompagna ensuite jusqu'à la porte de sa cabine et l'embrassa une nouvelle fois avant de s'éloigner. Une lueur ironique dansait dans ses prunelles...

Mentalement, Cassy compta les jours. Il n'en restait plus que quatre avant le retour à Sydney...

Les sourcils froncés, la jeune fille feuilleta son carnet de notes. Tandis que passaient les jours, elle y avait hâtivement transcrit certaines des réflexions de Lucien, ainsi que quelques détails le concernant, son mode de vie, sa philosophie...

— C'est bien peu ! soupira-t-elle.

Leurs conversations, d'ordinaire, tournaient autour de sujets d'ordre général. Pourtant, une fois, il avait évoqué sa mère, qui était morte quand il était adolescent. Il avait aussi parlé de l'une de ses sœurs, qui habitait maintenant aux Etats-Unis... Il avait vécu quelque temps avec elle et son mari, plusieurs années auparavant.

La tentation était grande de se contenter de ces quelques éléments et de bâtir une interview... Mais Cassy était une journaliste intègre. Et pour rien au monde elle ne se serait permis de tricher de la sorte.

Quelques jours auparavant, Loïs avait déclaré d'un air un peu déçu :

— Je me demande comment les gens s'arrangent

59

pour avoir des aventures à bord d'un bateau de croisière, étant donné que, la plupart du temps, les passagers sont obligés de partager leur cabine !

Cassy s'était mise à rire.

— Que signifie cette remarque ? Aurais-tu l'intention d'aller plus loin avec Trevor ?

— Oh, pas du tout ! Nous sommes de bons amis. Rien de plus ! Et toi ? Est-ce sérieux avec Lucien ?

Cassy avait alors secoué la tête.

— Pas plus que toi avec Trevor.

Elle mentait. Car elle ne se cachait plus maintenant qu'elle était follement amoureuse de Lucien... Ou, plutôt, de Lionel Halliday.

Mais cet amour était sans espoir. Même si elle lui plaisait — ce qui était indéniable —, il ne voulait pas que ce flirt dépasse le cadre d'une aventure de vacances.

Elle ne lui avait toujours pas dit qui elle était. Certes, elle avait eu mille fois l'occasion de lui révéler quel était son véritable métier. Mais si elle s'était tue jusqu'à présent, c'était parce qu'elle redoutait de le voir mettre un terme à leur amitié. Rudy n'avait-il pas insisté sur le fait qu'il détestait les journalistes ?

Après avoir refermé son carnet de notes, elle réfléchit longuement. L'heure était venue pour elle de dévoiler ses batteries...

— Demain, peut-être ? se demanda-t-elle.

Cependant, le lendemain, elle n'en eut pas le courage. Une soirée de gala était prévue, et elle avait tellement envie de la passer en compagnie de Lucien ! Si elle lui parlait trop tôt et qu'il la rejette, que ferait-elle, seule au milieu d'une foule joyeuse ?

Le salon principal était décoré pour l'occasion, et tous les passagers étaient en tenue de soirée.

Cassy remarqua immédiatement Patsy. Elle attirait d'ailleurs tous les regards, dans sa robe dorée très ajustée !

Elle était en compagnie de son ami. Ce dernier paraissait plus maussade que jamais, et Cassy ne put s'empêcher de rire en le voyant aussi sombre, alors que tous les autres passagers s'amusaient.

— Votre ami n'a pas l'air à la fête ! s'exclama-t-elle.

Il suivit son regard et haussa les épaules.

— Ce n'est pas parce que nous avons joué aux échecs deux ou trois fois ensemble que nous sommes amis !

— Il ne s'intéresse donc qu'aux échecs ? On l'a à peine vu pendant la croisière.

— Il a amené Patsy pour le distraire.

— Vous avez l'air de bien les connaître.

— Vous vous trompez.

— J'espère qu'il n'a pas le mal de mer aujourd'hui ! L'eau est d'un calme !

— Si nous allions l'admirer ? suggéra Lucien.

Leurs regards se rencontrèrent. Cassy secoua négativement la tête.

— Que peut-on voir, dans le noir ?

Il sourit et, doucement, caressa son épaule nue.

— Vous portez une jolie robe, murmura-t-il.

Elle était en soie abricot et lui arrivait aux chevilles.

Lucien se pencha et déposa un rapide baiser sur les lèvres de la jeune fille. Elle eut un mouvement de recul. Quand la bouche de son compagnon s'attarda ensuite sur sa nuque, elle ne put réprimer un frisson.

— Non...

Il la regarda en riant.

— Vous ne voulez pas que je vous embrasse devant tout ce monde ? Dans ce cas, allons sur le pont...

— Je n'irai pas dehors avec vous, déclara-t-elle d'un air obstiné.

Il s'empara de sa main et lui embrassa le poignet, tout en la fixant avec défi.

— Arrêtez ce petit jeu, Lucien !

— Ce n'est pas un petit jeu...

Du bout des doigts, il lui caressa le cou, puis, lentement, sa main descendit le long de son décolleté... Elle lut dans ses yeux cette flamme du désir qu'elle avait appris à reconnaître.

— Arrêtez, Lucien ! répéta-t-il. Sinon, je... je vais vous gifler !

— Vraiment ? ironisa-t-il, provocant.

— Oui !

Il sourit.

— Je vous en crois capable... Allons danser !

Ils dansèrent une bonne partie de la soirée. Quand ils revenaient s'asseoir, Lucien lui prenait la main et la gardait dans la sienne. Il ne cherchait pas à aller plus loin...

L'orchestre joua un dernier slow, et les lumières baissèrent. Lucien tint la jeune fille étroitement enlacée. Il ne la lâcha pas quand la musique se tut, et ils restèrent seuls au milieu de la piste.

— Je voudrais que vous soyez à moi, Cassy, murmura-t-il très bas dans son oreille.

Elle chercha à se dégager, mais il la maintenait solidement.

— Cassy ?

Elle releva la tête pour rencontrer l'éclat presque insoutenable de ses prunelles grises.

— Je vous en prie, ne me parlez pas ainsi ! supplia-t-elle.

Il eut un sourire de biais.

— Auriez-vous peur de vous-même ?

Elle se mordit la lèvre inférieure, tout en hochant la tête affirmativement.

— Seigneur ! s'exclama-t-il. Vous êtes totalement imprévisible.

Presque brutalement, il l'emmena sur le pont.

— Lucien ! protesta-t-elle. Ne...

— Taisez-vous.

De force, il l'attira dans un coin désert.

— Que... que signifie tout ceci ? balbutia-t-elle.

— Je veux que vous me disiez « oui ».

Passionnément, il l'embrassa. Elle ne pouvait pas le repousser ; sa seule défense était de rester rigide entre ses bras. Il l'avait obligée à venir ici, et elle était furieuse d'être traitée aussi cavalièrement. En même temps, elle devait lutter contre l'envie folle d'abandonner la lutte et de répondre fiévreusement à ses baisers...

Tous ses efforts pour se dégager demeureraient vains... Passivement, elle acceptait cette étreinte car elle y était forcée. Son impuissance la désespéra, et des larmes se mirent à couler lentement le long de ses joues.

Alors, seulement, Lucien la lâcha.

— Ne pleurez pas, je vous en prie !

Doucement, il la reprit entre ses bras.

— Ne pleurez pas, Cassy ! répéta-t-il. Je ne voulais pas vous effrayer...

Il lui tendit un mouchoir et, riant entre ses larmes, elle essuya ses yeux.

— Excusez-moi. Je ne sais pas ce qui m'arrive ! D'ordinaire, je ne pleure pas facilement...

— Je vous ai fait mal ?

— Non, pas vraiment. Mais au fond, tout cela est de ma faute. Vous m'aviez dit de ne pas jouer avec le feu !

Un silence s'éternisa. Elle se sentait mal à l'aise, démoralisée et surtout honteuse. N'était-il pas ridicule d'éclater en sanglots pour un baiser ?

Sans insister, Lucien la conduisit jusqu'à sa

cabine. Avant d'introduire la clé dans la serrure, elle leva ses yeux rougis vers lui.

— Nous verrons-nous demain, Lucien ?

Il la fixa sans mot dire. Dans ses yeux, il y avait une lueur sardonique... Alors, vivement, elle ajouta :

— J'ai quelque chose à vous dire. Quelque chose de très important !

Un pli barra son front, puis il haussa les épaules.

— Eh bien, nous nous verrons demain, puisque vous le désirez. Voulez-vous que nous nous retrouvions avant l'heure du déjeuner, dans le petit bar proche du restaurant ?

— Très bien. Merci...

— Pourquoi me remerciez-vous ?

— Euh... pour cette bonne soirée.

— Elle était réussie jusqu'à ce que je gâche tout.

— Vous n'avez rien gâché. Vous vous êtes montré au contraire particulièrement compréhensif !

Doucement, il la poussa vers la porte.

— Allons, bonne nuit, Cassy. Et à demain !

5

Maintenant qu'elle avait décidé d'abattre son jeu, Cassy se sentait à la fois soulagée et inquiète.

Il y avait très peu de monde dans le petit bar où Lucien lui avait donné rendez-vous. Elle y arriva la première et s'assit dans un coin, les doigts crispés sur sa robe de coton grège.

Quand elle aperçut Lucien, elle lui adressa un sourire teinté d'appréhension. Il s'installa en face d'elle. Son visage demeurait impénétrable, et le malaise de la jeune fille s'accentua.

— Que voulez-vous boire ? demanda-t-il.

Elle commanda un alcool. Elle sentait qu'elle en aurait besoin pour affronter les instants difficiles qui allaient venir.

Quand le serveur posa un verre devant elle, elle s'en empara d'une main tremblante et avala quelques longues gorgées. Lucien la considérait avec une surprise non feinte.

— Alors, qu'avez-vous de si important à me dire ? s'enquit-il d'un ton neutre.

Le moment de la vérité était arrivé... Cassy prit une profonde inspiration...

— Lucien, je...

La voix joyeuse de Loïs l'interrompit.

— Eh bien! Tu commences à boire de l'alcool de si bonne heure, Cassy?

La jeune fille sursauta. Elle était tellement absorbée par son sujet qu'elle n'avait pas vu Loïs et Trevor faire leur entrée dans le bar.

Debout devant leur table, ils souriaient, s'attendant visiblement à être invités...

Courtoisement, Lucien se leva et proposa sa place à Loïs. Puis il rapprocha son siège pour lui.

Cassy ferma les yeux, à la fois intensément soulagée et terriblement frustrée.

La conversation qu'elle devait avoir avec Lucien se trouvait remise à plus tard, par la force des choses.

Loïs bavardait avec animation. Trevor et Lucien lui donnaient la réplique. Seule Cassy avait bien du mal à se mettre au diapason...

A plusieurs reprises, elle surprit le regard de Lucien posé sur elle. Il l'examinait, les sourcils froncés, loin d'imaginer les raisons de son manque d'entrain!

Soudain, Loïs eut un petit rire satisfait.

— Ah, savez-vous que j'ai découvert le passager milliardaire? C'est un homme d'affaire néo-zélandais qui voyage sous le nom de Scott. Mais en réalité, il s'appelle Halliday. Le voilà justement, en compagnie de cette fille blonde avec laquelle tu discutais l'autre jour, Cassy!

La jeune fille pâlit brusquement et, suivant le regard de son amie, aperçut Patsy et l'homme maussade qui lui était particulièrement antipathique.

— Tu te trompes, Loïs, déclara-t-elle. Ça ne peut être lui!

— Mais si, intervint Lucien. Je vous avais dit une fois qu'il était très riche, Cassy. Ne vous en souvenez-vous pas?

Glacée, la jeune fille étudia cet homme auquel elle n'avait jamais réellement prêté attention. Et, pour la première fois, elle remarqua qu'il avait des yeux gris pâles, et des cheveux ternes, qu'à la rigueur on pouvait qualifier de bruns. En outre, les trois photos de référence qu'elle gardait dans son sac correspondaient plus ou moins à son visage insignifiant...

— Seigneur ! soupira-t-elle, atterrée.

Sans réfléchir, elle se tourna vers Lucien.

— Mais je croyais que c'était *vous* !

Il la fixa sans mot dire. Ses prunelles étaient de glace et un rictus dédaigneux se dessina sur ses lèvres.

— Cela explique beaucoup de choses, murmura-t-il enfin.

Devinant le cheminement de ses pensées, elle voulut le détromper.

— Non, Lucien ! Vous ne comprenez pas ce que j'ai voulu dire. Je...

— Je comprends parfaitement, coupa-t-il.

Il termina son verre et, après avoir consulté sa montre, se leva.

— Je regrette de devoir vous quitter, mais j'ai à faire. A tous, je souhaite une bonne fin de croisière !

Sur ces mots, il s'éloigna. Les yeux agrandis, Cassy le regarda sortir du bar.

— J'ai l'impression que tu aurais mieux fait de te taire Loïs, grommela Trevor.

Cassy parvint à lui sourire.

— C'est sans importance...

— Je suis désolée, Cassy ! s'exclama Loïs à son tour. Je ne pensais pas que...

— C'est sans importance, répéta-t-elle.

— Il s'imagine que tu es intéressée ? s'étonna Loïs. Tu n'as pourtant pas le genre...

— Et je ne le suis pas, termina Cassy avec

détermination. A vrai dire, je suis reporter, et j'étais censée obtenir une interview de cet Halliday. Maintenant, toutes mes chances sont à l'eau !

— Pourquoi donc ? Tu peux toujours aller le trouver.

Cassy secoua la tête.

— Cela m'étonnerait qu'il accepte ! Il a la réputation de haïr les journalistes et personne n'a jamais pu l'interviewer... C'est pourquoi...

Laissant sa phrase en suspens, elle eut un haussement d'épaules impuissant.

— Oh, c'est trop compliqué à expliquer !

— A ta place, j'irais ! insista Loïs. Que risques-tu ? Une rebuffade, rien de plus.

C'était probablement tout ce qu'elle obtiendrait si elle allait de but en blanc solliciter une interview !

Et il ne lui restait plus que deux jours à passer à bord du *Princess* !

Sans enthousiasme, elle se leva.

— Après tout, pourquoi pas ? soupira-t-elle. Je peux toujours essayer...

Elle se dirigea vers la table à laquelle avaient pris place Patsy et Lionel Halliday.

— Bonjour ! lança-t-elle d'un ton léger. Puis-je me joindre à vous ?

— Bien sûr ! s'exclama Patsy en lui adressant un grand sourire.

Se tournant vers son compagnon, elle déclara :

— Te souviens-tu de Cassy, Hal ?

Ce dernier hocha affirmativement la tête, tout en adressant à la jeune fille un regard froid, qui s'anima cependant quelque peu en s'arrêtant sur son décolleté... Puis il baissa la tête et s'absorba dans la contemplation de son verre.

Cela n'avait rien de très engageant. Cependant, Cassy était maintenant bien décidée à risquer le tout pour le tout.

— Je viens d'apprendre qui vous êtes, monsieur Halliday, déclara-t-elle. Je n'en soufflerai mot à personne, vous pouvez me faire confiance… Mais ce que je souhaiterais, c'est que vous m'accordiez un peu de votre temps dans le courant de la journée. A l'heure qui vous conviendra !

Il releva la tête, et la lueur qu'elle lut dans ses yeux pâles déplut profondément à Cassy. Cet homme lui était de plus antipathique… « Pauvre Patsy ! » songea-t-elle fugitivement. Elle ne pouvait s'empêcher de la plaindre — même en sachant que la jeune femme s'était délibérément engagée dans cette aventure.

— Je suis journaliste au *Citymag,* annonça-t-elle. Et je serais très heureuse si…

Il l'interrompit.

— Je n'accorde jamais d'entretiens aux journalistes.

— Nous souhaiterions vous faire mieux connaître à nos lecteurs. Vous auriez toute possibilité de donner vos points de vue, vos opinions… En fait, il s'agit plus d'une étude de personnalité que d'un reportage…

— Cela ne m'intéresse pas, coupa-t-il.

En dépit de son attitude négative, elle insista encore.

— Voulez-vous réfléchir à ma proposition ? Dans le cas où vous changeriez d'avis, je vous laisse le numéro de ma cabine.

Elle le griffonna sur l'une des pages de son agenda et, après avoir inscrit son nom en dessous, elle déchira le feuillet et le posa devant Lionel Halliday.

Il ne fit pas un geste pour le prendre.

— Je vous assure que je reporterai fidèlement tout ce que vous pourrez me dire ! déclara-t-elle encore. Un article de ce genre pourrait améliorer votre image auprès du public et…

— Quand on a autant d'argent que j'en ai, scanda-t-il, on se soucie bien peu de son image de marque !

— Puis-je écrire cela ?

— Certainement pas, puisque je refuse cette interview.

Il se leva et fit signe à Patsy de le suivre. Cette dernière s'empara du feuillet qui était resté sur la table.

— Je vais essayer de le faire changer d'avis ! promit-elle à Cassy.

La jeune fille ne quitta pas sa cabine de la journée. Hélas, le téléphone demeura silencieux...

Patsy n'avait pas réussi à convaincre son ami, c'était évident ! Par conséquent, Cassy rentrerait en Nouvelle-Zélande sans l'interview qu'attendait Rudy... et il ne lui resterait plus qu'à se mettre en quête d'un nouvel emploi !

Pour tout arranger, Lucien la jugeait avec mépris : il s'imaginait qu'elle s'était attachée à ses pas en le prenant pour un milliardaire !

Le rencontrant par hasard dans la soirée, elle voulut lui parler, mais il pivota brusquement sur lui-même quand elle s'approcha, et elle demeura figée sur place, meurtrie et humiliée.

Quoi, il n'acceptait même pas d'écouter ses explications ?

Le lendemain — leur dernier jour en mer —, le *Princess* faisait route vers Sydney.

Après s'être baignée dans la piscine, Cassy s'allongea dans un transat auprès de Loïs. Sentant un regard peser sur elle, elle leva les yeux. Lionel Halliday, appuyé au bastingage, la détaillait. Elle se sentit rougir et lui adressa un bref signe de tête.

Un peu plus tard, elle regagna sa cabine en compagnie de son amie. Au moment où elles poussaient la porte, la sonnerie du téléphone retentit.

— Cassy ? C'est Patsy ! Hal est prêt à vous accorder cette interview. Il vous attendra dans sa cabine après déjeuner.

— Oh, Patsy, merci ! Je vous suis vraiment très reconnaissante...

— Vous avez été gentille avec moi. Cela n'arrive pas souvent ! remarqua Patsy avec une certaine amertume.

Cela, Cassy l'imaginait aisément... Après avoir raccroché, elle joignit les mains.

— Enfin, une bonne nouvelle ! soupira-t-elle.

Loïs sourit.

— Bravo ! Alors, tu as enfin décroché ton interview ! Tu devrais être contente.

— Oui, fit Cassy sans enthousiasme.

Loïs soupira.

— C'est à cause de Lucien que tu es si sombre ? De toute manière, ce flirt aurait-il duré ? Tu es néozélandaise et lui est australien, je crois...

Le prenant pour Lionel Halliday, elle avait cru qu'il habitait la Nouvelle-Zélande, tout comme elle. Et maintenant, elle se rappelait qu'il parlait beaucoup plus souvent de l'Australie...

Elle avala sa salive ; décidément, tout les séparait !

Après avoir déjeuné, elle alla frapper à la porte de la cabine de Lionel Halliday, dont Patsy lui avait donné le numéro.

Le milliardaire l'accueillit dans un confortable salon.

— Que voulez-vous boire ? demanda-t-il en se dirigeant vers un petit réfrigérateur.

— Un *gin-tonic* comme vous, s'il vous plaît.

Et, regardant autour d'elle, elle s'étonna :

— Patsy n'est pas là ?

— Non, je lui ai demandé de nous laisser. Elle n'arrête pas de bavarder et nous aurait dérangés.

C'était probablement vrai. Cependant, Cassy se sentait assez mal à l'aise, seule en compagnie de Lionel Halliday. Elle était persuadée que Patsy assistait à l'entretien.

« Je suis ridicule ! se tança-t-elle intérieurement. Comme si j'avais besoin d'un chaperon ! »

Elle s'apprêtait à mettre son magnétophone en marche quand Lionel Halliday l'arrêta.

— Avez-vous besoin de cet appareil ?

— Si cela vous ennuie, je peux m'en passer.

— Je préfère que vous preniez des notes à la main.

Sans protester, elle s'empara de son bloc et de son crayon. Puis elle commença à interroger le milliardaire sur son enfance. Elle en vint rapidement à sa vie professionnelle.

Si au début, Lionel Halliday s'était montré assez réticent, ne répondant que par monosyllabes, il ne tarda pas à s'épancher sans contrainte. Visiblement, il était très fier de sa réussite.

Voyant le tour que prenait l'interview, Cassy n'hésita pas à lui poser des questions plus précises :

— Certains disent que pour bâtir une telle fortune aussi rapidement, vous n'avez pas toujours... euh... respecté les lois, monsieur Halliday.

Il éclata de rire.

— Ah, voilà ce qu'on dit ? La réussite des uns excite toujours les médisances et les calomnies des autres, n'est-ce pas ?

— Pourrai-je citer cette phrase, monsieur Halliday ?

Il haussa les épaules.

— Si vous voulez.

Et, avec un demi-sourire.

— Ne m'appelez pas « monsieur Halliday ». Vous connaissez mon prénom !

Elle rougit légèrement et se leva.

— Eh bien, je crois que j'ai maintenant tous les éléments nécessaires à la rédaction de mon article ! Je vous remercie infiniment d'avoir accepté de me recevoir. Je sais que vous n'aimez pas les journalistes...

Sans hâte, il la déshabilla du regard.

— Certaines journalistes, si ! corrigea-t-il.

Et, se levant à son tour :

— Laissez-moi vous offrir un autre *gin-tonic* !

Elle n'osa pas refuser. Elle prit le verre qu'il lui tendait et but à longs traits. Elle avait hâte de partir, maintenant qu'elle était en possession de cette fameuse interview.

Soudain, le milliardaire posa sa main sur son bras nu.

— Vous êtes la plus jolie journaliste que j'aie jamais vue ! assura-t-il. Surtout quand vous ne portez qu'un bikini...

Elle tenta de se dégager, mais il la maintenait solidement.

— N'êtes-vous pas reconnaissante que j'aie répondu à vos questions ?

— Mais si...

— Eh bien, prouvez-le-moi !

Il l'attira contre lui, tandis que ses lèvres se posaient sur celles de la jeune fille dans un baiser qui la laissa de glace.

Adroitement, elle parvint enfin à lui échapper. Alors il haussa les épaules.

— Je ne peux pas supporter les femmes frigides ! grommela-t-il avec grossièreté. Patsy est peut-être une idiote, mais elle sait au moins comment plaire à un homme !

Cassy ravala les paroles acerbes qui lui venaient à la bouche.

— Je vous remercie d'avoir accepté de me recevoir, monsieur Halliday, redit-elle encore d'un ton froid. Je veillerai à ce qu'il vous soit envoyé un exemplaire du journal !

Sur ces mots, elle courut vers la porte, l'ouvrit et la claqua derrière elle. Une fois dans la coursive, elle remit un peu d'ordre dans sa toilette et lissa ses cheveux.

Au moment où elle rajustait son chemisier, elle surprit le regard de Lucien. Il se tenait à la porte d'une cabine toute proche et la contemplait sans chercher à cacher son dégoût.

Résistant à l'impulsion irraisonnée qui s'emparait d'elle — celle de fuir à toutes jambes —, elle s'obligea à marcher d'un pas mesuré.

Au moment où elle passait devant lui, il la saisit brutalement par le poignet et l'entraîna dans sa cabine.

— Que... que me voulez-vous ? balbutia-t-elle, apeurée.

Il la secoua avec une telle violence que son sac tomba à ses pieds.

— Mais vous êtes devenu fou ! Lâchez-moi !

Au lieu de cela, il l'embrassa sauvagement.

— Lucien, arrêtez ! parvint-elle à dire.

— Pourquoi donc ? C'est à Lionel Halliday que vous réservez vos baisers ?

— Que racontez-vous là ?

— Je vous en prie, ne faites pas l'innocente ! Je vous ai vue entrer dans sa cabine voilà une heure. Et vous en sortez dans un état...

Cassy demeura silencieuse, sidérée par les accusations de Lucien.

— Vous avez vraiment l'esprit mal tourné ! s'exclama-t-elle enfin. Il ne s'est rien passé entre Lionel

Halliday et moi. Pendant l'heure que nous avons passée ensemble, nous avons seulement discuté, car...

Il eut un rire sardonique.

— Vous vous attendez à ce que j'avale ce conte à dormir debout ? Je me suis montré bêtement crédule jusqu'à présent. Mais c'est bien fini ! Quand je pense que j'ai cru tous vos mensonges, toutes vos histoires...

Rageusement, il la secoua de nouveau.

— Quel idiot j'ai été ! Ainsi, c'était simplement parce que je vous plaisais que vous vous êtes jetée à ma tête, le premier jour ? Et si vous ne vouliez pas aller trop loin, c'était à cause de vos principes moraux !

Il passa la main sur son front.

— Seigneur ! soupira-t-il. Et moi qui gobais tout cela...

Sa voix devint amère.

— En tout cas, vous n'avez pas perdu de temps pour donner le numéro de votre cabine à Halliday ! Vous vous êtes offerte à lui d'une manière éhontée !

— C'est faux ! protesta-t-elle.

— Ne mentez pas. J'ai joué aux échecs avec lui ce matin ! Il cherchait ses clés et a vidé le contenu de ses poches sur la table. J'ai alors vu ce feuillet d'agenda sur lequel vous aviez inscrit votre nom et le numéro de votre cabine !

— Lucien, laissez-moi vous expliquer...

— Je n'ai pas besoin d'explications. J'ai bien autre chose en tête...

De nouveau, il l'embrassa. C'était un baiser plein de brutalité, de violence... Il ne tenait aucun compte de ses efforts pour se dégager et le repousser.

Soudain il la souleva dans ses bras et la jeta sur sa couchette.

— Que faites-vous, Lucien ? haleta-t-elle, en proie à un tourbillon de sentiments contradictoires.

La peur, la colère et le désespoir se mêlaient en elle à un désir incoercible...

— Ce que je fais ? Je prends ce que vous m'avez offert tout au long de cette croisière... Ce que j'ai été trop stupide ou trop poli pour accepter !

Il glissa sa main sous son chemisier, explorant sa peau nue.

— Lucien, je ne vous ai jamais rien offert ! Il faut que...

Il l'interrompit d'un baiser. Cette fois, ses lèvres étaient plus douces, plus persuasives... Et le désir de la jeune fille décupla. Sans lutter davantage, elle répondit à ses caresses.

Quand il commença à la déshabiller, elle reprit conscience et se redressa brusquement.

— Laissez-moi partir, Lucien ! Je ne veux pas rester ici un instant de plus !

— Cessez de jouer la comédie ! Vous me désirez, vous aussi... A quoi bon le nier ? Il y a trente secondes, vous étiez prête à l'abandon !

Il lui prit la tête entre les mains. Son visage était tout proche, mais elle parvint à éviter son baiser en se détournant.

— Si vous ne me lâchez pas, je crie ! menaça-t-elle.

— Vous oseriez ?

De nouveau, il se pencha. Son expression était farouche, impitoyable... Elle réprima un gémissement apeuré et, de la main, il la bâillonna.

Affolée, elle le fixa de ses prunelles dilatées. La terreur la paralysait, elle était incapable du moindre geste.

Elle vit, graduellement, sa colère l'abandonner. Il posa sa main libre sur le cœur de la jeune fille, qui battait à grands coups désordonnés.

— Mais je vous fais peur ! s'exclama-t-il.

Il la libéra. Cassy passa sa langue sur ses lèvres sèches.

— Oui, murmura-t-elle simplement.

Peu à peu, son effroi diminuait. Elle sentait, instinctivement, que le danger était passé.

Se relevant, elle remit ses sandales, qui étaient tombées dans cette lutte sans merci. Lucien ne cherchait pas à l'aider. Il se contentait de l'observer sans mot dire.

— Je suis journaliste, Lucien, lui expliqua-t-elle. Je venais d'interviewer Lionel Halliday quand vous m'avez vue sortir de sa cabine.

Il demeurait toujours silencieux. Ouvrant son sac, elle lui tendit son carnet de notes.

— Voyez !

— C'est en sténo, et je n'y comprends rien. Ces pages pourraient être tout aussi bien votre journal intime...

— Je suis journaliste ! insista-t-elle.

— Ce n'est pas ce que vous m'aviez dit auparavant. Pourquoi vous croirais-je maintenant ?

Oui, elle l'avait trompé dès le début... Quel gâchis ! Le désespoir l'envahit à la pensée de ce qui aurait pu être. Cependant, pour rien au monde, elle ne se serait abaissée à le supplier de la croire. S'il était incapable de lui faire confiance, à quoi bon ?

Vaincue, elle baissa la tête.

— Eh bien, adieu ! C'est dommage que tout se termine ainsi...

Ses paroles restèrent sans écho. Tout était fini, et, dans cette histoire, elle était la seule à blâmer. Hélas, il était impossible de retourner en arrière !

6

L'interview de Lionel Halliday avait beaucoup plu à Rudy. Il n'eut pas la curiosité de demander à Cassy comment elle avait réussi à l'obtenir. Et la jeune fille ne se perdit pas en détails...

Quelques semaines auparavant, Cassy aurait été aux anges en recevant les félicitations chaleureuses du rédacteur en chef de *Citymag*. Mais maintenant, il semblait que plus rien ne pouvait la toucher.

Il lui fallut très longtemps avant de surmonter le choc de sa rupture avec Lucien. Puis peu à peu, la vie reprit ses droits. Elle recommença à s'intéresser à son travail et à sortir un peu plus fréquemment.

Le magazine marchait de mieux en mieux ; à la rédaction, on considérait Cassy comme l'une des meilleures. Sa réussite professionnelle lui redonna confiance en elle-même.

De plus, elle obtenait un certain succès auprès des représentants du sexe opposé. Bientôt, elle commença à sortir régulièrement avec Dave Mercer, un jeune avocat particulièrement brillant.

Elle avait fait sa connaissance à l'occasion d'une interview. *Citymag* consacrait chaque semaine plusieurs pages à une rubrique intitulée « Hommes et Femmes de l'avenir », et Dave Mercer avait été sélectionné par la rédaction pour faire partie des personnalités interrogées.

Ils avaient immédiatement sympathisé. Avant même que l'interview soit terminée, Dave avait invité Cassy à dîner, ce qu'elle avait accepté sans hésitation.

Cette première soirée fut le prélude à beaucoup d'autres. Leur amitié, de plus en plus solide, se transformait tout doucement en un sentiment profond.

Dave ne lui avait pas caché son amour, mais Cassy demeurait méfiante. Si elle répondait à ses baisers sans se faire prier, si elle l'aimait « bien », elle n'osait pas s'engager davantage.

Le jeune avocat ne semblait pas pressé. La réserve de Cassy l'amusait, et il ne tentait pas de forcer les barrières qu'elle avait érigées.

« Tout serait tellement plus simple si je pouvais l'aimer d'amour ! » soupirait souvent la jeune fille.

Hélas, elle ne ressentait pas pour lui la folle passion qu'elle avait éprouvée autrefois pour Lucien Hale...

Ce jour-là, quand Rudy l'appela dans son bureau, elle était bien loin de se douter de ce qu'il allait lui demander !

— Je vous envoie en reportage ! déclara-t-il sans autre préambule. Nous attendons en Nouvelle-Zélande une équipe cinématographique austra-lienne. Ils ont l'intention de tourner sur une plage privée au nord de Waiwera. Vous passerez une semaine avec eux : cela devrait vous donner matière à un article intéressant !

— Ils sont d'accord ? s'étonna Cassy. D'ordi-naire, les gens qui font un film n'aiment pas beau-coup voir les journalistes tourner autour d'eux...

— Cela leur fera de la publicité, et ils en sont ravis !

— Pourquoi viennent-ils tourner en Nouvelle-Zélande ?

— Vous demanderez cela au metteur en scène ! Je voudrais que vous obteniez des interviews de tous les membres de l'équipe, et pas seulement des vedettes et du réalisateur ! Puisque vous passerez une semaine avec eux, vous aurez le temps d'interroger tout le monde et de « sentir » l'ambiance.

Il lui tendit une lettre dactylographiée.

— Voyez, le metteur en scène est tout à fait d'accord pour que *Citymag* envoie un reporter et un photographe sur les lieux du tournage !

Cassy ne l'écoutait plus. Les yeux agrandis, elle fixait la signature ferme qui s'étalait en bas de cette courte missive.

Lucien Hale...

Enfin, elle retrouva sa voix.

— Envoyez quelqu'un d'autre ! s'entendit-elle dire d'une voix pointue qu'elle ne se connaissait pas.

Rudy fronça les sourcils.

— Quoi ?... Que signifient ces comédies ? Pourquoi ne voulez-vous pas aller là-bas ?

— Parce que c'est... c'est...

Elle choisit le premier prétexte qui lui vint à l'esprit.

— C'est trop loin.

Il haussa les épaules.

— Waiwera ? s'exclama-t-il, incrédule. Vous plaisantez ! Il y a des liaisons quotidiennes entre cette ville et la capitale ! En voiture, il ne faut pas plus d'une heure pour s'y rendre !

Un demi-sourire détendit ses lèvres.

— Si c'est la perspective de quitter votre petit ami qui vous inquiète, il ira vous voir là-bas ! Ou bien vous reviendrez passer une soirée en ville !

Elle secoua la tête.

— Ce n'est pas à cause de Dave !

— Je l'espère. Parce qu'une bonne journaliste doit savoir faire passer sa vie professionnelle avant sa vie sentimentale !

Il se pencha.

— Alors, pourquoi ne voulez-vous pas aller à Waiwera ?

— Euh, parce que... Parce que je ne tiens pas à faire de publicité pour un film australien. A mon avis, nous devrions privilégier les films néo-zélandais.

Rudy haussa un sourcil.

— Je n'ai pas promis de faire un article favorable ! Ce reportage devra être honnête. Nos lecteurs n'attendent-ils pas de nous des témoignages objectifs ? Pour cela, j'ai en vous une entière confiance, Cassy.

La jeune fille crispa ses mains l'une contre l'autre.

— Rudy, je... je n'ai pas envie de faire ce reportage. Cela ne... ne m'intéresse pas.

— Mais que vous arrive-t-il aujourd'hui ? explosa-t-il. Voilà que vous méprisez l'industrie cinématographique, maintenant ? Ignorez-vous qu'elle brasse d'énormes capitaux ? Cela n'a rien de négligeable, et vous avez tort de faire la fine bouche.

Il secoua la tête.

— Cassy, je ne comprends pas votre réaction !

— Vraiment, je n'ai aucune envie d'aller à Waiwera et d'interviewer ces gens-là. Pourquoi n'envoyez-vous pas un autre reporter ?

Il serra les lèvres.

— En général, quand les gens cherchent mille prétextes, comme vous en ce moment, c'est qu'ils ont une bonne raison pour refuser. Si vous me disiez franchement ce qu'il en est, Cassy ?

Elle lui adressa un regard plein de méfiance avant de hausser les épaules, vaincue.

— Très bien... Il s'agit d'un problème d'ordre tout à fait privé. Je connais Lucien Hale, je ne l'aime pas et je ne tiens pas à le rencontrer. De plus, étant donné que cette antipathie est réciproque, je ne crois pas qu'il serait de bonne politique de m'envoyer sur les lieux du tournage.

Rudy demeura silencieux pendant quelques instants. Puis il se frotta le menton. Ses yeux étincelaient.

— Je n'en suis pas si sûr, commença-t-il. Il me semble au contraire que cet antagonisme pourrait apporter au reportage une note de...

— Rudy ! s'exclama Cassy.

Elle se pencha, les poings serrés.

— Ne comprenez-vous pas qu'une confrontation serait horriblement gênante pour lui comme pour moi ? Je vous en prie, trouvez quelqu'un d'autre !

Il grommela quelques mots inintelligibles. Puis il eut un geste de la main.

— OK. J'enverrai Pete, puisque vous refusez cette mission !

— Je n'ai pas refusé ! protesta-t-elle. Je vous ai donné les raisons pour lesquelles je ne souhaitais pas être chargée de ce reportage !

— J'ai eu assez de mal à les obtenir, ces raisons ! s'écria-t-il.

Il prit un air songeur.

— Et malgré tout, je ne suis pas sûr qu'elles soient si bonnes que cela...

Il soupira.

— Enfin, j'enverrai Pete ! répéta-t-il.

Dissimulant un sourire, Cassy s'apprêta à quitter le bureau. Il la retint.

— Vous avez bien changé ! remarqua-t-il. Vous ne ressemblez plus à la petite jeune fille timide que vous étiez il y a deux ans... Attention ! Ne laissez pas le succès vous monter à la tête !

Elle posa sa main sur le bouton de la porte.

— Non, monsieur ! répondit-elle avec amusement.

— Hors d'ici ! s'exclama-t-il en riant.

Cassy riait aussi en se retrouvant dans le couloir. Cependant, son visage redevint vite grave.

Cela lui avait porté un coup de voir ainsi le nom de Lucien surgir du passé. En quelques instants avaient défilé dans sa tête les heureux moments passés à bord du *Princess*, avant leur navrante rupture...

Elle serra les mâchoires. Non, elle n'avait aucune envie de le revoir !

Pendant tout le reste de la journée, elle fut en proie à une nervosité et à un malaise dont les raisons ne lui échappaient pas. Et elle s'en voulait terriblement d'être aussi peu maîtresse d'elle-même.

Quoi, il lui avait suffi de lire le nom de cet homme pour être tellement troublée ? A chaque instant, elle revoyait son visage. Elle était incapable de se libérer l'esprit de son souvenir.

Heureusement, le soir même, elle devait dîner avec Dave. En compagnie du jeune avocat, peut-être parviendrait-elle enfin à oublier le souvenir de l'homme qui l'avait si cruellement humiliée ?

Dave l'emmena dîner dans un restaurant chinois. Tous deux aimaient cette cuisine exotique, et il arrivait parfois à Cassy d'essayer de réaliser chez elle des recettes orientales.

Il la raccompagna à sa porte, et elle l'invita à monter boire une tasse de café.

Quand il la prit dans ses bras, elle se blottit contre lui. Leurs lèvres se rencontrèrent. Et alors, avec confusion, la jeune fille constata que les baisers de Dave lui rappelaient d'autres baisers. Des baisers plus passionnés... Des baisers qui avaient le pouvoir d'embrasser tous ses sens...

Essayant d'oublier ces souvenirs, elle noua ses bras autour du cou de Dave dans un brusque élan. Une telle fougue, inhabituelle chez elle, surprit le jeune homme. Il ne fut pas long, toutefois, à l'étreindre avec plus de violence et à l'embrasser comme jamais il ne l'avait fait.

La panique envahit Cassy. L'ardente réponse de Dave, elle l'avait provoquée... Mais elle ne la souhaitait pas! Pendant quelques instants, elle demeura immobile entre ses bras, puis elle se dégagea.

Dave la maintint par les poignets.

— Cassy, c'est vous qui avez commencé!

— Je sais, admit-elle. Excusez-moi... Je... Je ne sais pas ce qui m'a pris.

Il la fixa en souriant.

— Cela m'a fait plaisir de vous voir aussi... aussi ardente! Je craignais...

Il s'interrompit.

— Quoi donc? interrogea-t-elle avec curiosité.

— Que vous n'ayez quelques inhibitions.

Doucement, il lui embrassa le bout des doigts.

— Il ne faut pas avoir peur de moi.

— Je n'ai pas peur de vous, Dave.

— Alors laissez-moi vous embrasser encore!

Il reprit ses lèvres. Cassy demeurait passive entre ses bras, et cela la désolait.

— Je suis un peu fatiguée, prétendit-elle enfin.

Il eut un léger soupir.

— Je vais vous laisser...

Mais au lieu de s'apprêter à partir, il déposa un chapelet de baisers sur son front, ses tempes et ses joues.

Puis il la fixa sans mot dire. Son visage était tendu, ses yeux ne riaient plus.

— Cassy, demanda-t-il sans autre préambule. Voulez-vous m'épouser ?

Les yeux de la jeune fille s'agrandirent.

— Cette demande ne peut vous surprendre ! s'exclama Dave. Ne vous y attendiez-vous pas ?

Elle secoua la tête.

— Pas vraiment. Vous m'avez dit un jour que vous m'aimiez... Mais actuellement, l'amour n'est pas forcément synonyme de mariage.

Il eut un demi-sourire.

— Pour vous, si. Du moins, c'est mon impression.

Elle avala sa salive.

— Je... je ne sais que répondre.

— Vous pouvez me dire : « Oh, monsieur Mercer, tout cela est tellement inattendu ! Laissez-moi réfléchir ! » Mais je préférerais que vous vous contentiez de murmurer dans mon oreille : « Oui, Dave. »

Elle fronça les sourcils, perplexe et mal à l'aise.

— Pour l'instant, aucune de ces suggestions ne me convient... commença-t-elle.

— Mais vous ne m'avez pas dit non ! Votre réponse serait donc un « peut-être » ?

— Euh... oui, je crois. Donnez-moi quelques jours pour penser à tout cela, Dave...

Elle marqua un instant d'hésitation.

— Merci... Merci de m'avoir fait cette proposition.

Il la considérait avec une certaine anxiété teintée d'amusement.

— Vous ne me ferez pas attendre votre réponse pendant des années ?

— Vous savez bien que non.

Dave se disposa à prendre congé. Ses yeux bleus étaient toujours inquiets, et, quand il rejeta ses cheveux en arrière, sa main tremblait un peu.

— C'est une grande décision, fit encore Cassy.

— A qui le dites-vous ! s'écria-t-il d'un ton faussement léger. Croyez-vous que l'idée me soit venue à l'instant ? J'ai longuement réfléchi avant de me jeter à l'eau !

Cela n'étonnait guère Cassy. Dave menait une agréable existence de célibataire. Pour lui, le mariage représenterait un grand changement. Elle aurait dû se montrer beaucoup plus flattée...

Certes, elle l'était... Cependant, une boule s'était logée dans sa gorge. Et quand, après le départ de Dave, elle se mit au lit, la boule était toujours là...

Ce soir-là, il lui fallut bien longtemps avant de trouver le sommeil.

« Pourquoi ne lui ai-je pas dit « oui », tout simplement ? » se demanda-t-elle le lendemain.

Dave n'avait que des qualités. C'était un homme séduisant, intelligent, plein d'humour, sympathique... Par ailleurs, il réussissait dans sa carrière au-delà de toute espérance.

Alors, pourquoi hésitait-elle ainsi ?

« Parce que tu ne l'aimes pas », murmura une petite voix intérieure.

Mais l'amour, était-ce si important que cela ? Et comment pouvait-on le définir ?

— J'aime Dave, décida-t-elle à voix haute.

« C'est ce que tu crois ! » fit aussitôt la petite voix.

Les héroïnes des romans n'hésitaient jamais de la sorte. Elles savaient immédiatement quand elles aimaient. Elles ne se posaient pas de questions. Pour elles, l'amour allait de soi !

Le samedi suivant, Dave l'emmena se promener en voiture. Il s'arrêta un peu en dehors de la ville. Tous deux descendirent de véhicule pour admirer le panorama. A perte de vue se succédaient les collines boisées doucement ondulées. Çà et là, on apercevait une ferme. Et très loin, en contrebas, le regard plongeait sur la ville et le port.

Du bout de l'index, Dave effaça le pli qui marquait le front de Cassy.

— Vous paraissez soucieuse... Est-ce à cause de moi ?

Elle lui adressa un petit sourire.

— Un peu, avoua-t-elle.

— Je ne veux pas vous voir cet air inquiet ! Détendez-vous, Cassy... Vous n'avez aucune raison d'être anxieuse !

Il se pencha et elle lui tendit ses lèvres.

— Détendez-vous, Cassy ! répéta-t-il. Nous avons tout notre temps. Rien ne nous presse...

Quand la jeune fille arriva à la rédaction de *Citymag*, le lundi suivant, elle avait retrouvé sa bonne humeur et son équilibre.

A peine avait-elle ouvert la porte de son bureau que Rudy la faisait appeler.

De but en blanc, il déclara :

— En fin de compte, c'est vous qui ferez ce reportage ! Et ne cherchez pas d'excuses ! Vous êtes journaliste, vous allez là où on vous le dit.

— Mais Pete...

— Pete a disputé un match de football samedi avec tant de fougue qu'il s'est fêlé une vertèbre en tombant ! Il est à l'hôpital. Or l'équipe du film arrive demain en Nouvelle-Zélande. Je n'ai personne d'autre sous la main. Par conséquent c'est vous que j'envoie là-bas.

Il la défiait du regard. Comprenant qu'il ne servait à rien de discuter, Cassy ravala ses objections.

Avec un soupir, elle demanda :

— Que dois-je faire ?

— Les accueillir à l'aéroport, tout d'abord. Et puis les accompagner sur les lieux du tournage !

aboya-t-il. Ils ont sûrement réservé des véhicules de location et il y aura bien une place pour vous et une autre pour Robby !

Quand Rudy était de cette humeur, il était inutile de discuter ses ordres.

— Où est Robby ? grommela-t-il en s'emparant du téléphone.

Le véritable nom du photographe était en réalité Ropata Kaimarama. Mais à la rédaction, on avait pris l'habitude de l'appeler Robby. C'était un Maori — un descendant des Polynésiens qui, autrefois, constituaient la majeure partie de la population de la Nouvelle-Zélande.

Cassy, errant à travers les salles, ne tarda pas à trouver le photographe aux prises avec une caméra perfectionnée.

— Connais-tu les dernières nouvelles ? lui demanda-t-elle. Pete est à l'hôpital avec une vertèbre fêlée. Et c'est moi qui dois faire ce reportage avec toi !

— Pauvre Pete !

Ses dents très blanches étincelèrent dans son visage foncé.

— Remarque, je préfère partir avec toi plutôt qu'avec Pete ! Tu es beaucoup plus séduisante !

Cassy haussa les épaules en riant. Les compliments de Robby l'amusaient. Elle savait qu'il était marié depuis déjà plusieurs années et adorait sa femme, ainsi que les deux petites filles aux boucles brunes et à la peau sombre qu'elle lui avait données.

La jeune fille ne possédait pas de voiture, et cela l'ennuyait de se trouver à Waiwera sans aucun moyen de transport.

— Nous pourrions nous rendre là-bas avec ta voiture, suggéra-t-elle.

Robby secoua la tête.

— Susie en a besoin.

— Nous dépendrons donc du bon vouloir de ces Australiens ! soupira Cassy sans enthousiasme.

Pendant le reste de la journée, elle prépara son reportage. Mille petits détails étaient à prévoir. Elle se trouva très occupée, ce qui l'empêcha de trop penser à Lucien...

Lucien que, d'ici moins de vingt-quatre heures, elle allait revoir...

L'avion en provenance de Sydney se posa à l'heure en Nouvelle-Zélande. Les mains moites, Cassy regarda les passagers débarquer.

Elle reconnut immédiatement Lucien et crut que son cœur s'arrêtait de battre.

Se raidissant, elle alla à sa rencontre, lui tendit la main. Il n'eut pas l'air surpris.

— Monsieur Hale, je suis envoyé par *Citymag*...

— Je sais, coupa-t-il. Bonjour, Cassy !

Il lui serra vigoureusement la main. Puis il salua Robby.

Il sourit chaleureusement au photographe, et ce fut seulement à ce moment-là que Cassy s'aperçut qu'il ne lui avait pas souri, à elle...

— Si nous pouvons nous aider à régler certains problèmes d'ordre matériel, n'hésitez pas à faire appel à nous, s'entendit-elle déclarer d'une voix neutre.

— Tout est organisé ! assura-t-il. Un car nous attend pour nous emmener à l'hôtel, où des chambres ont été réservées. Et demain matin, nous partirons sur les lieux du tournage.

— Y aura-t-il de la place pour Robby et moi dans le car ? Nous n'avons pas de moyen de transport.

— Ce sera facile.

L'équipe formait un groupe animé non loin de là. Lucien se mit en devoir de faire les présentations, mais Cassy fut incapable de se souvenir de tous les noms.

« Demain, dans l'autocar, j'aurai le temps de les redemander et de les noter », songea-t-elle.

Les vedettes se tenaient un peu à l'écart. Cassy reconnut Odette Sullivan. Ethan Lyons, son partenaire masculin, était un peu moins célèbre.

Tout le monde s'empila dans le car, avec bagages, matériel et caméras. Robby en profita pour prendre quelques photos pittoresques...

Le lendemain matin, Cassy était debout à l'aube : le départ de l'autocar n'était-il pas fixé à sept heures et demie ?

Elle avala un rapide petit déjeuner avant d'appeler un radio-taxi. Il faisait frais et, avant de descendre quand elle vit la voiture s'arrêter devant son immeuble, elle enfila une veste chaude.

Ils étaient arrivés non loin de l'hôtel, quand un véhicule leur coupa la route. Le chauffeur de taxi freina au maximum, mais il ne put empêcher la collision...

Cassy se trouva projetée violemment en avant. Elle se heurta l'épaule et le genou. La tête du chauffeur avait percuté le pare-brise. En se massant le front, il sortit immédiatement de voiture pour inspecter les dégâts.

La portière de l'autre voiture était enfoncée, côté conducteur. L'homme qui était au volant se trouva donc obligé de sortir de l'autre côté. Il était très pâle ; d'après l'angle étrange qu'affectait son poignet, Cassy en conclut qu'il devait avoir le bras cassé.

En attendant l'ambulance qui emmènerait le blessé à l'hôpital, un policier nota les témoignages des uns et des autres. Cassy, en dépit de son impatience, se trouva obligée de rester pour donner sa version des faits.

Elle arriva à l'hôtel avec près d'une heure de retard... L'autobus avait disparu. Lucien l'attendait dans le hall.

— Oh, je suis désolée! s'exclama-t-elle. Il y a eu un accident et...

— Etes-vous blessée?

— Juste quelques bleus sans gravité. Mais on m'a retenue pour faire une déposition. J'ai cru que je n'arriverais jamais! Le bus est parti?

— Oui. Je vous emmène.

Il s'empara de son sac et l'entraîna vers une voiture garée devant l'entrée de l'hôtel.

— J'ai loué ce véhicule hier. Comme vous pouvez le constater, il est surchargé de matériel et il reste de la place pour un seul passager. C'était Odette qui devait venir avec moi, mais elle est partie avec les autres. J'ai dit que je restais pour vous attendre.

Il ouvrit la portière.

— Robby était tellement sûr que vous arriveriez...

Elle s'installa sur le siège.

— Pas vous?

Il lui jeta un rapide coup d'œil de côté, tout en tirant sur le démarreur.

— Apparemment, je vous connais moins bien que Robby... Pouvez-vous m'indiquer la route à suivre pour sortir de la ville? Je connais mal Auckland...

— Bien sûr.

D'une voix calme et précise, elle lui donna les indications nécessaires. Bientôt, après avoir traversé les faubourgs, ils roulèrent en pleine campagne.

Lucien rompit soudain le silence qui s'était instauré depuis que Cassy n'avait plus besoin de le guider.

— Odette va vous en vouloir… Elle était furieuse de voyager en car !

— J'en suis navrée. Mais je ne suis tout de même pas responsable de cet accident !

Pourquoi Odette Sullivan était-elle furieuse ? Parce qu'elle s'estimait trop au-dessus du commun des mortels pour prendre place dans un autobus ? Ou bien parce qu'elle tenait à faire ce trajet en tête à tête avec Lucien ?

Elle adressa un vif regard à ce dernier, se demandant si lui aussi était déçu.

Car Odette était très belle… Et Cassy connaissait suffisamment Lucien pour savoir qu'il n'était pas insensible au charme féminin.

Alors qu'elle l'observait, il tourna la tête et, l'espace d'un instant, leurs regards se croisèrent. Dans les prunelles grises de Lucien, elle lut surtout de la curiosité.

Il redonna son attention à la route et, d'une voix neutre, remarqua :

— Vous avez changé.

Cette réflexion la déconcerta.

— Oui ? fit-elle enfin. Comment cela ?

De nouveau, le regard de Lucien se posa sur elle.

— C'est difficile à dire… Voyons, cela fait maintenant près de deux ans, n'est-ce pas ?

Elle haussa les épaules.

— Oui, c'est bien cela. Il faut croire que j'ai pris de l'âge !

— Vous aviez vingt et un ans.

— Et j'en ai vingt-trois maintenant. Mais à l'époque, mes réactions étaient parfois celles d'une adolescente prolongée…

Il y eut une pause qu'elle rompit en lançant :

— Vous n'avez pas paru surpris en me voyant à l'aéroport.

— Non. Je savais que vous étiez journaliste au *Citymag*.

— Vraiment ? s'étonna-t-elle.

— J'avais vu votre nom sur la liste de l'équipe rédactionnelle de la revue.

— Alors vous admettez, enfin, que je suis bien reporter ! triompha-t-elle.

— Oh, je le savais. Avant de quitter le *Princess*, j'avais demandé à Lionel Halliday s'il était exact qu'il vous ait accordé une interview.

7

Cette révélation rendit Cassy muette. Ainsi, Lucien savait qu'elle lui avait dit la vérité... Et il n'avait pas cherché à la revoir ? C'était la preuve que, pour lui, elle n'avait jamais vraiment compté.

La colère la submergea brusquement. D'une voix dure, elle s'entendit l'apostropher :

— L'idée ne vous est pas venue de vous excuser pour m'avoir si mal jugée ? Quand je pense que vous m'avez accusée de m'être jetée dans les bras de Lionel Halliday à cause de son argent !

Il haussa les épaules.

— Tout cela, c'est pareil.

— Que voulez-vous dire ?

— Ce n'était pas de l'argent que vous cherchiez à tirer de lui, mais une interview. A mon avis, ça se vaut !

La stupeur l'envahit.

— Comment pouvez-vous parler ainsi ? Je faisais mon travail, tout simplement !

Brusquement, Lucien prit sur la gauche une route étroite. Ils arrivèrent au sommet d'un monticule herbeux. Alors, il arrêta le véhicule.

— Vous mettez beaucoup de vous-même dans votre travail ! accusa-t-il.

Ses yeux étaient très durs, mais elle soutint son

regard. Elle ne comprenait pas sa réaction... Puis-qu'il avait parlé avec Lionel Halliday, il savait parfaitement que ses accusations n'avaient eu aucun fondement ! Que signifiait tout cela ?

— Au début — vous en souvenez-vous ? — vous me preniez pour lui, reprit-il. Oh, vous saviez jouer de vos charmes avec beaucoup d'adresse ! Tour à tour provocante, candide... Dommage que je n'aie pas assisté au spectacle jusqu'au bout ! Hélas, vous n'avez pas perdu de temps pour aller faire votre petit cinéma ailleurs ! Comment envisagiez-vous de termi-ner votre numéro ? Je me le suis toujours demandé... Si Loïs n'était pas arrivée en clamant sa grande découverte, je l'aurais peut-être su !

Lentement, elle secoua la tête.

— Comment pouvez-vous penser...

Elle se redressa.

— Soit, notre première rencontre n'était pas due au hasard ! Je l'avais orchestrée... bien maladroite-ment, d'ailleurs ! Il est exact, également, que je vous prenais pour Lionel Halliday. Et pour moi, il était d'une importance vitale d'obtenir son interview, car le rédacteur en chef de *Citymag* avait menacé de me mettre à la porte si je revenais les mains vides. J'étais prévenue : Lionel Halliday détestait les jour-nalistes. Je devais donc tenter de faire sa connais-sance. Puis, plus tard, je voulais dévoiler mes batteries...

— Apparemment, Lionel Halliday n'a pas joué les ogres...

— Sans Patsy, je crois bien qu'il n'aurait pas accepté de me recevoir.

— Patsy est vraiment très complaisante ! ironisa-t-il.

— C'est vrai.

Le visage de Lucien était toujours de glace.

— L'après-midi de cette fameuse interview, elle

95

se trouvait dans l'un des bars en compagnie de Tony...

Pourquoi lui donnait-il cette précision ? Soudain, un soupçon la traversa.

— Que vous a dit exactement Lionel Halliday ?

— Vous tenez à le savoir ? demanda-t-il d'un ton dédaigneux.

— Oui !

— Eh bien il m'a appris qu'il n'accordait jamais d'interviews. Et que s'il faisait une exception pour vous, c'était parce que vous aviez beaucoup à offrir en échange... Il semblait d'ailleurs enchanté de ce marché !

Une nausée saisit la jeune fille. Ainsi, Lionel Halliday avait été assez ignoble pour se vanter de l'avoir séduite ! Et Lucien l'avait cru...

Une rage impuissante la secouait. Les mains crispées, elle se tourna vers Lucien pour lui dire que tout cela était faux. Mais ses lèvres tremblaient tant qu'elle fut incapable de prononcer la moindre parole.

De toute manière, à quoi bon tenter de se justifier ? La croirait-il plus maintenant qu'auparavant ? En fait, Lionel Halliday avait seulement confirmé ses suppositions...

— Cassy...

Il la prit par les épaules et elle laissa échapper un gémissement de douleur, car ses doigts malmenaient sa clavicule contusionnée.

— Je vous ai fait mal ? s'étonna-t-il.

— Je me suis assez violemment cogné l'épaule ce matin, quand mon taxi a heurté une autre voiture. Oh, ce n'est rien !

— En êtes-vous sûre ? Laissez-moi voir !

Il s'apprêtait à dégager son épaule quand elle le repoussa avec violence.

— Ne me touchez pas !

— Quelle réaction ! Je n'avais aucune intention de vous violer ! ironisa-t-il.

Elle se sentit ridicule.

— Je m'en doute bien ! coupa-t-elle. Cette ecchymose guérira toute seule. Ce n'est rien, je vous le répète ! Et maintenant, si nous reprenions la route ?

— Très bien.

Il redémarra, et elle eut un léger soupir de soulagement quand ils débouchèrent sur la route nationale. Celle-ci escaladait des collines, redescendait, remontait... Par moments, on découvrait de magnifiques points de vue sur la mer.

— On ne peut pas dire que votre pays soit particulièrement plat ! s'exclama Lucien en changeant de vitesse pour aborder une nouvelle montée.

— Ces collines sont l'œuvre des frères de Maui !

Lucien fronça les sourcils.

— Maui ? Le héros des Maoris ? Si mes souvenirs sont exacts, c'est lui qui — d'après la légende — aurait capturé le soleil ?

— Il a également pêché la Nouvelle-Zélande. Voilà pourquoi on appelle cette île *Le Poisson de Maui*. Mais il a dû s'absenter et a confié son poisson à ses frères. Ces derniers ont commencé à s'y tailler des morceaux... d'où toutes ces collines aux formes bizarres !

Lucien éclata de rire.

— La mythologie des Maoris me semble très vivante !

Il ralentit en traversant un pont.

— Je crois que nous arrivons... Après ce pont, nous ne devons pas tarder à voir une barrière peinte en blanc et un panneau au nom de Burnsdale. Ah, nous y sommes !

Cassy descendit de voiture pour ouvrir la barrière. Cet instant de répit lui était nécessaire... Si, en apparence, Lucien et elle bavardaient sans contrainte, elle était très consciente des tensions sous-jacentes qui se manifestaient par des détails imperceptibles.

Par exemple, les doigts de Lucien crispés si fort sur le volant que ses jointures blanchissaient... Son propre malaise... Et cette espèce d'électricité qui planait dans la voiture...

Ils ne tardèrent pas à arriver, tout près de la mer, devant une série de bungalows dépendant d'une ferme ancienne. L'autocar était arrivé depuis un certain temps déjà, et tout le monde s'activait.

Robby arriva en courant.

— Que s'est-il passé ? Pourquoi n'étais-tu pas là à l'heure ?

La jeune fille lui raconta l'accident de circulation sans gravité qui était la cause de son retard. Pendant ce temps, Lucien discutait avec sa secrétaire.

Il se tourna vers Cassy :

— Cela vous ennuierait-il de partager votre bungalow ? demanda-t-il.

— Pas du tout.

La secrétaire lui adressa un sourire chaleureux.

— Nous serons ensemble.

— Parfait ! Puis-je aller porter mon sac là-bas maintenant ?

Elle avait hâte d'échapper à Lucien... Même quand il paraissait l'ignorer, elle demeurait très consciente de sa présence. Une présence écrasante...

La secrétaire la guida jusqu'au bungalow.

— Je m'appelle Barbara Kaye, annonça-t-elle en ouvrant la porte sur une chambre à deux lits, impeccable, mais très simple. Une salle de bains presque spartiate y faisait suite.

— Les vedettes ont leur propre caravane, expliqua Barbara sans la moindre rancœur. Lucien aussi... Il l'utilise également comme bureau. Tous

les autres membres de l'équipe partagent des bungalows.

— Pourrez-vous me donner une interview ? s'enquit Cassy, dont le métier refaisait surface.

La secrétaire du réalisateur devait connaître des
quantités d'informations intéressantes ! Mais sa
réponse ne fut guère encourageante...

— Oh, il faudra en parler à Lucien ! Je ne peux
rien vous révéler avant d'en discuter avec lui !

— Naturellement, fit Cassy d'un ton neutre.

Barbara lui adressa un rapide coup d'œil avant de
se diriger vers la porte.

— Je vous laisse vous installer. A tout à l'heure !
Le déjeuner est prévu sous la véranda. Mais s'il
pleut, nous nous réunirons tous dans la salle à
manger.

Tout en passant un bâton de rouge sur ses lèvres,
Cassy se dit qu'il valait mieux qu'elle se fasse une
amie de Barbara. A vrai dire, elle trouvait cette
jeune femme assez sympathique, avec ses cheveux
bruns simplement coiffés et son nez retroussé par-
semé de taches de rousseur.

La jeune fille suspendit ses vêtements. Puis elle
s'empara de son carnet de notes, de son magnétophone et sortit.

L'activité fébrile qu'elle avait remarquée lors de
son arrivée s'organisait, maintenant que Lucien était
là pour tout mettre en place. Barbara le suivait
comme une ombre. A chaque instant, les uns et les
autres venaient le consulter.

Il ne s'était pas tourné une seule fois de son côté.
Cependant, quelques instants plus tard, Barbara,
obéissant à l'un de ses ordres, apporta à Cassy une
liasse de feuillets dactylographiés.

— Le scénario, expliqua-t-elle. Lucien m'a
demandé de vous en remettre un exemplaire.

— Merci. Mais où va-t-il, maintenant ?

Il s'éloignait en compagnie de l'un des techniciens. Cassy, qui tenait à faire son reportage honnêtement, ne voulait rien manquer des faits et gestes du metteur en scène.

— Sur la plage, répondit brièvement Barbara. Il veut commencer à tourner cet après-midi.

— J'y vais aussi ! décida Cassy.

Barbara ne paraissait pas très enthousiasme. Cependant, elle ne fit aucun commentaire... Après avoir appelé Robby, Cassy se dirigea à son tour vers la plage.

La mer, très bleue, étincelait sous le soleil. Les vagues s'abattaient inlassablement sur le sable blanc. La crique se trouvait délimitée par deux falaises verdoyantes.

Lucien et le technicien regardaient s'approcher les nouveaux venus. Quand ils arrivèrent à portée de voix, Cassy demanda :

— Cela ne vous ennuie pas que nous nous joignions à vous ?

Les yeux de Lucien étaient hostiles. Ou bien se l'imaginait-elle ? Puis elle ne lut plus que de l'indifférence dans ses prunelles. Avec un haussement d'épaules, il laissa tomber :

— Comme vous voulez ! De toute façon, il s'agit d'une discussion purement technique !

Sur ces mots, il leur tourna le dos et se remit à parler avec le caméraman. Leur conversation roulait sur des angles de prises de vue, des problèmes de luminosité... Tout cela demeurait incompréhensible à Cassy. En revanche, Robby écoutait avec beaucoup d'intérêt.

Il photographia Lucien quand celui-ci, les mains ouvertes, expliquait la manière dont une image devait être cadrée.

Ils ne tardèrent pas à revenir tous quatre vers les bungalows. Robby — un passionné de cinéma —, soumit le caméraman à un feu roulant de questions. Cassy et Lucien marchaient un peu en arrière.

— Ces quelques détails techniques que vous avez pu glaner vous serviront-ils à quelque chose? demanda-t-il brusquement.

— Je n'en sais rien encore. Pour le moment, j'amasse un maximum d'informations... Oh, je vous remercie de m'avoir fait remettre un exemplaire du scénario.

— Cela vous évitera d'avoir à poser des questions!

Il ne voulait donc pas y répondre? Ou bien cela lui déplaisait-il de la voir interroger les membres de l'équipe?

Comme s'il avait deviné ses pensées, il ajouta:

— Vous pouvez interviewer qui vous voulez, et demander tout ce qui vous passe par la tête. Cependant je tiens à voir votre manuscrit avant l'impression.

— Les journalistes de *Citymag* refusent d'être censurés.

— Il ne s'agit pas de censure! Nous n'avons rien à cacher! Si je tiens à cette précaution, c'est simplement parce que je ne veux pas que l'intrigue du film soit révélée, pas plus que je ne désire voir déformés les détails concernant le tournage.

— Je ne déforme jamais la vérité! protesta-t-elle d'un ton froid.

— Ne soyez pas si susceptible! Les meilleurs journalistes peuvent commettre des erreurs!

— Je vérifie toujours mes informations!

Il haussa un sourcil.

— Ah oui?

Elle rougit en comprenant ce qu'il sous-entendait par cette brève interrogation.

— Avant d'accuser, vous auriez pu, vous-même, prendre la peine de contrôler l'exactitude des faits!

— J'ai pris cette peine, justement.

Il avait interrogé Lionel Halliday. Et ce dernier avait menti...

Elle se détourna. A quoi bon poursuivre cette discussion de sourds ?

L'heure du déjeuner ne tarda pas à arriver. On servit sur la véranda un buffet de viandes froides et de salades. Chacun, après s'être servi, alla s'asseoir dans l'herbe ou sur les marches. Seule Odette Sullivan avait droit à un siège. Lucien s'était installé près d'elle, appuyé contre la balustrade de la véranda.

En début d'après-midi, tout le monde descendit sur la plage et quelques scènes furent répétées — sans les caméras. Robby s'était fait un ami du caméraman. Tous deux bavardaient avec animation, tandis que le photographe mitraillait les acteurs sous tous les angles.

On servit le dîner à l'intérieur. Dans la vaste salle à manger s'alignaient trois longues tables. Odette ne se montra pas, ce soir-là. Pas plus que Lucien... Cassy en conclut qu'ils dînaient en tête à tête dans la caravane de l'actrice.

— Ils étudient le scénario, précisa l'un des membres de l'équipe.

Ethan Lyons apprenait son texte par cœur. D'une main, il tenait les feuillets, et de l'autre, il piquait sa nourriture à l'aide de sa fourchette sans même regarder ce qu'il y avait dans son assiette.

Un peu plus tard, seule dans son bungalow, Cassy lut attentivement le *script* du film. Le thème avait de réelles bases historiques. C'était l'histoire d'une bande de bagnards qui, au début du dix-huitième siècle, avaient réussi à s'enfuir d'un pénitencier. Ils avaient volé un voilier et débarqué en Nouvelle-Zélande.

Sept hommes et deux femmes se trouvaient à bord du bateau. L'une des deux femmes avait péri en mer et Odette, qui jouait le rôle de l'autre, se trouvait donc seule, entourée d'un groupe de criminels qui n'avaient pas grand-chose à perdre. Ils n'ignoraient pas, en effet, que si la justice les reprenait, ils seraient probablement pendus.

C'était une histoire passionnante, pleine d'action, de rebondissements, que Cassy lut d'un trait.

On devait donner le premier tour de manivelle le lendemain matin. Cette fois, les acteurs étaient maquillés et costumés. Odette Sullivan, en haillons, paraissait véritablement hagarde et épuisée.

On filma tout d'abord l'arrivée des bagnards en Nouvelle-Zélande.

Ce premier essai parut excellent à Cassy. Cependant Lucien fit recommencer plusieurs fois de suite la même scène, jusqu'à ce qu'il soit totalement satisfait.

Il se montrait très patient, mais en même temps intraitable. Chaque geste devait être effectué comme il l'avait demandé. Chaque mot prononcé avec l'intonation qu'il avait précisée...

En dépit d'elle-même, Cassy se surprit à le contempler, *lui*, beaucoup plus souvent que les acteurs...

L'espace d'un instant, leurs regards se rencontrèrent. Mais ses prunelles grises n'exprimèrent rien, et elle se demanda s'il l'avait vue. Toute son attention semblait absorbée par le champ de la caméra.

Au cours des jours qui suivirent, la jeune fille comprit qu'il était totalement passionné par son métier. Quand il tournait, rien d'autre ne comptait pour lui. Elle respectait infiniment cette conscience professionnelle — comme d'ailleurs tous les membres de l'équipe. Lucien était à la recherche d'une espèce de perfection, et il savait électriser ceux qui travaillaient avec lui.

Le film serait certainement un succès...

Cassy se trouvait à Waiwera depuis déjà quatre jours. Elle avait rempli trois carnets de notes et enregistré plusieurs cassettes.

Si elle avait déjà interviewé la plupart des membres de l'équipe, elle n'avait pas encore eu d'entretien avec Odette Sullivan, ni avec Lucien.

Ce n'était pas si simple, de trouver le moment adéquat pour leur parler ! Quand ils ne travaillaient pas, ils étaient invariablement assis un peu à l'écart et ils discutaient. Ou bien on ne les trouvait nulle part...

Selon certains, ils étaient amants.

Bizarrement, Cassy se sentait agacée et irritée lorsqu'elle les voyait ensemble. Elle essayait de s'expliquer son attitude par le fait qu'elle voulait leur poser une série de questions, à l'un comme à l'autre, et que l'instant propice n'arrivait jamais.

Elle se décida à prendre le taureau par les cornes. Ce soir-là, après dîner, elle se dirigea vers le coin de la véranda où ils se tenaient tous les deux et, s'adressant à Odette :

— J'aimerais que vous m'accordiez une interview. Quand pourrez-vous me consacrer un peu de temps ?

L'actrice fit une petite grimace.

— Maintenant ? demanda-t-elle.

Elle jeta un coup d'œil à Lucien. On aurait cru que la perspective de devoir le quitter — même pour peu de temps — lui fendait le cœur.

— Quand vous voudrez ! fit Cassy, conciliante.

— Allez-y, Odette ! lança Lucien.

Il se leva et s'éloigna. Odette fit une moue en le suivant des yeux. Puis elle haussa les épaules.

— Le chef a parlé ! se moqua-t-elle. Venez dans ma caravane, nous y serons mieux...

Sans beaucoup de bonne grâce, elle répondit aux questions que Cassy lui posait sur son enfance, puis sur le début de sa carrière. Cependant, quand elle en vint au film qu'elle tournait en ce moment, son expression s'anima.

« C'est une vraie professionnelle », songea la jeune fille sans chercher à cacher son admiration.

— Je comprends si bien le caractère de cette femme ! soupira l'actrice avec un geste de la main. Jusqu'alors, elle a réussi à survivre en dépendant des hommes. Pour elle, il n'y a pas d'autre possibilité... C'est la seule femme du groupe. Elle est l'épouse du plus âgé des bagnards, mais elle ne l'aime pas.

Elle hocha la tête.

— Dans de telles circonstances, il est préférable qu'une femme soit mariée !

Cassy fronça les sourcils.

— Cela n'est pas dans le scénario...

— Moi, je le vois ainsi. Elle est attirée par le chef de la bande, Denning. Il est jeune et séduisant, mais surtout très fort. Auprès de lui, elle se sent en sécurité, alors que son mari n'est pas capable de la protéger. N'oubliez pas qu'au milieu de cette bande de malfaiteurs, elle risque à chaque instant d'être violée ! Elle cherche donc à se rapprocher de Denning...

— Parce qu'elle a peur ?

— Vous, vous comprenez cela ! Mais vous êtes une femme... En revanche, Lucien voit le personnage que j'interprète comme une sorte de Machiavel en jupons !

— Et vous voulez la rendre sympathique ? demanda Cassy avec intérêt.

Odette considéra pensivement le magnétophone qui continuait à enregistrer.

— Je n'ai pas encore réussi à convaincre Lucien. Cependant il a admis que mes idées étaient intéressantes… J'espère qu'il va réfléchir à ce sujet !

— Et s'il ne se rend pas à vos arguments ?

— C'est lui le réalisateur ! soupira Odette. Je dois suivre ses indications.

— Comment voyez-vous la scène dans laquelle Denning vous offre au chef Maori ? Lucien ne peut tout de même pas prétendre que vous avez machiavéliquement manigancé cet épisode !

— Non. Mais étant donné que, pour lui, cette femme sait tirer parti de toutes les circonstances, il estime qu'elle saura se débrouiller au milieu des Maoris. Puisqu'elle n'a pas été mise à la broche, comme elle le redoutait, l'avenir n'est pas si noir ! Et elle commence à préparer sa vengeance contre Denning !

— En poussant le chef des Maoris à attaquer les bagnards ?

— C'est le point de vue de Lucien. A mon avis, son caractère devrait se modifier à ce moment-là. Comprenant qu'elle ne peut vraiment compter sur la protection d'un homme, elle décide de puiser en elle-même assez de force et de courage pour faire face à tous les dangers.

— Elle tuera le chef de Maoris quand il lui apportera la tête de Denning ?

— Parce qu'elle veut prendre en charge son propre destin. Une femme ne peut pas faire confiance aux hommes.

— Voilà un point de vue très féministe ! Mais parviendrez-vous à convaincre Lucien ?

— J'essaie. Ce n'est pas facile… Lucien est un véritable misogyne, vous savez ! Il a vécu des expériences qui l'ont aigri.

— Comment cela ?

Odette désigna le magnétophone.

— Coupez l'enregistrement...

Cassy obéit. Puis elle examina l'actrice qui se mordait la lèvre inférieure.

— Je ne devrais pas vous en parler, murmura-t-elle. Si cela lui revenait aux oreilles...

— Vos confidences resteront entre nous ! assura la jeune fille.

— Je vous trouve sympathique, assura Odette de but en blanc. La plupart des gens doivent se sentir en confiance auprès de vous. C'est ainsi que vous les amenez à parler, non ?

Cassy demeura silencieuse. L'expérience lui avait appris que, dans certaines conditions, il était préférable de se taire pour que les interviewés se livrent plus aisément. Ce « truc » réussit une fois de plus.

— Il y a de longues années, commença Odette, j'ai rencontré Lucien en Angleterre. A cette époque, il était follement amoureux. Mais cette fille, une ambitieuse, ne le considérait que comme un marche-pied lui permettant d'accéder à d'autres sphères. Quand il comprit son manège, Lucien fut véritablement bouleversé. Songez... il l'avait présentée à un important producteur de films et à partir de ce moment-là, c'était à peine si elle le regardait ! Mon mari et moi nous sommes alors efforcés de le soutenir moralement. Mais depuis ce temps-là, il se méfie terriblement des femmes, auxquelles il est toujours prêt à attribuer les plus sombres des motivations !

Elle soupira.

— Voilà pourquoi mon interprétation du scénario ne lui plaît pas !

— J'ignorais que vous étiez mariée, fit Cassy en guise de commentaire.

Elle remit le magnétophone en marche, après en avoir demandé l'autorisation à l'actrice.

— Je suis divorcée, expliqua cette dernière. Oh,

107

tout est ma faute... J'ai eu tort d'accorder plus d'importance à ma vie professionnelle qu'à ma vie sentimentale...

— Je comprends : votre carrière passe avant tout !

— Je me glisse totalement dans la peau du personnage que je dois jouer. Je deviens véritablement l'héroïne que j'interprète. C'est peut-être pourquoi je prends mon rôle tellement à cœur...

Ses yeux s'animèrent.

— Celui-ci me passionne ! Je crois qu'il sera le meilleur de tous ceux que j'ai eus jusqu'à présent ! Le scénario est bon, et nous avons la chance de travailler avec un excellent metteur en scène.

Cassy ne tarda pas à se lever.

— Je vous remercie d'avoir répondu à mes questions...

Odette lui sourit.

— Vous aussi, vous êtes passionnée par votre métier, remarqua-t-elle. C'est d'ailleurs l'avis de Lucien ! Il a dit l'autre jour quelque chose à ce sujet...

— Oui ?

Odette ne donna pas de précision supplémentaire, et Cassy n'insista pas. Si vraiment Lucien avait parlé d'elle, ç'avait été probablement avec dédain.

De toute façon, il ne lui restait plus qu'une journée à passer à Waiwera. Après cela, elle ne le reverrait plus jamais.

A cette pensée, son cœur s'alourdit étrangement.

8

Après avoir quitté la caravane d'Odette Sullivan, Cassy regagna son bungalow où elle trouva Barbara en bikini.

— Nous allons nous baigner! Voulez-vous venir avec nous? proposa cette dernière.

La nuit tombait, mais il avait fait si chaud durant la journée que la perspective d'un bain tenta Cassy. Hâtivement, elle rangea son magnétophone et son carnet de notes avant d'aller passer un maillot sur lequel elle enfila une tunique en tissu éponge.

Barbara l'avait attendue. Ensemble, elles rejoignirent la douzaine de personnes qui se dirigeaient vers la plage.

Le sable était encore chaud sous les pieds. A l'horizon, le soleil couchant envoyait ses derniers rayons et la mer s'empourprait.

On avait tourné quelques scènes ici pendant la journée. Notamment celle où les bagnards affamés exploraient les rochers à la recherche de coquillages ou d'œufs d'oiseaux aquatiques.

Odette avait suivi les hommes et bientôt, les embruns avaient trempé ses cheveux et sa robe, dont l'étoffe mince s'était collée à son corps, révélant sa silhouette.

Au début de cette séquence, les bagnards ne

songeaient à rien d'autre qu'à manger. Avidement, ils ouvraient les moules et les dévoraient crues. Peu à peu, leur faim s'apaisait. Alors, une autre faim les saisit... L'un après l'autre, ils détournèrent leur attention des rochers pour la reporter sur leur compagne d'infortune.

Celle-ci, relevant la tête, avait rencontré tous ces regards enflammés...

— Coupez! avait crié Lucien à ce moment-là.

La tension s'était immédiatement relâchée. Avec un soupir de soulagement, Cassy avait vu ces bandits aux prunelles luisantes d'inquiétants appétits redevenir les sympathiques acteurs avec lesquels elle bavardait sans contrainte durant les moments de pause.

Odette avait été plus longue à oublier son personnage. Immobile, elle demeurait exactement à l'endroit où elle s'était trouvée quand les caméras avaient cessé de tourner. Tête basse, elle incarnait toujours l'image de la femme traquée. Puis Lucien s'était approché d'elle et l'avait enveloppée d'une couverture. Alors, seulement, elle avait paru revenir sur terre.

De la main, elle avait repoussé ses cheveux trempés tout en lui souriant. La prenant par la taille, il l'avait entraînée loin de l'eau pour la faire asseoir sous un grand arbre.

Maintenant, il n'y avait plus sur la plage qu'un groupe joyeux de jeunes gens du xxᵉ siècle... Cassy ôta sa tunique et suivit Barbara dans les vagues.

L'eau était fraîche. Mais une fois habituée à la température, Cassy nagea sans hâte. Elle revoyait Lucien et Odette côte à côte... Comme ils paraissaient bien s'entendre! Oh, ils étaient amants, cela ne faisait aucun doute! D'ailleurs, tout le monde le disait.

« Cela ne te regarde pas, ma fille ! » se dit-elle fermement.

Elle se mit sur le dos et fit la planche. Quelques étoiles scintillaient dans le ciel qui s'assombrissait lentement.

Un peu plus tard, elle regagna la plage. Lucien semblait l'attendre... Il était allé se baigner, lui aussi. Il était en maillot et son torse bronzé ruisselait, tout comme ses cheveux.

Vivement, elle remit sa tunique. Lucien ne la quittait pas du regard ; et elle eut l'impression de recevoir un coup quand elle reconnut l'expression de ses prunelles... C'était exactement celle qu'elle avait lue dans les yeux des hommes qui entouraient Odette sur les rochers...

— J'ai à vous parler, déclara-t-il. Venez dans mon bureau.

Sans protester, elle le suivit. Il avait jeté une serviette sur ses épaules et, tout en marchant, il s'essuyait les cheveux.

— Nous devrions d'abord nous changer ! suggéra-t-elle.

Il abaissa son regard sur elle et elle se sentit rougir.

— Peut-être, en effet, vaudrait-il mieux que vous vous rhabilliez...

Elle courut jusqu'à son bungalow et s'empressa d'ôter son bikini pour le remplacer par une jupe de cotonnade et un tee-shirt. Tout en s'habillant, elle espérait que Lucien faisait de même de son côté... Cela la troublait trop de le voir seulement vêtu d'un maillot...

Quand elle frappa à la porte de sa caravane, il vint aussitôt lui ouvrir. Il portait maintenant un jean et une chemise qu'il n'avait pas pris la peine de boutonner.

111

Cassy s'efforça de ne pas montrer son émoi quand il la fit entrer sans mot dire.

Des papiers s'amoncelaient sur la table : feuillets dactylographiés, croquis de toutes sortes, notes hâtivement rédigées... Il y en avait aussi sur les banquettes. Lucien dégagea l'une d'elles et fit signe à Cassy de s'asseoir.

Lui-même demeura debout, les bras croisés.

— Odette vous a appris que nous n'étions pas d'accord sur le caractère du personnage qu'elle interprète...

— C'est exact.

— Vous n'allez pas mentionner ce différend dans votre article !

Agacée, Cassy fronça les sourcils.

— Et pourquoi pas ?

— Parce que cela ne regarde pas le public ! Je ne veux pas que les gens se fassent une opinion avant de voir le film !

— A mon avis, le point de vue d'Odette est très intéressant ! Et sa réaction ne prouve-t-elle pas à quel point elle s'est identifiée à son rôle ? Tout ce qu'elle m'a dit m'a semblé passionnant... J'ai rarement obtenu une aussi bonne interview !

— Il m'arrive de réaliser d'excellentes séquences qui seront coupées au moment du montage !

Elle le parodia :

— Il m'arrive d'écrire d'excellents articles qui finissent dans la corbeille à papier !

Elle pinça les lèvres.

— Mais, en général, c'est parce que j'ai décidé de traiter différemment mon sujet. Ou bien parce que le rédacteur en chef veut le voir abordé sous un autre angle...

Son regard durcit.

— Personne d'autre n'a à me donner de conseils !

— Si vous êtes ici, c'est avec mon accord. Je ne

veux pas que vous racontiez n'importe quoi, espèce d'entêtée !

— Pas d'insultes, je vous prie ! Si au lieu de me donner des ordres, vous m'aviez demandé poliment de ne pas parler de ce différend ? Vous avez le droit de tyranniser ceux qui dépendent de vous, mais rappelez-vous, je ne fais pas partie de votre équipe !

Elle se leva, les yeux étincelants.

— J'ai eu tort de vous traiter d'entêtée, admit Lucien. Pourtant, ce n'était pas bien méchant ! J'aurais pu…

Elle se redressa, furieuse. Mais à ce moment-là, elle s'aperçut qu'il la taquinait… Il y avait dans ses prunelles grises une lueur ironique qu'elle connaissait bien. Malgré elle, elle éclata de rire.

Elle se mordit les lèvres, mais il était trop tard…

— Asseyez-vous ! fit Lucien.

Il lui prépara un *gin-tonic,* puis il vint s'asseoir à ses côtés, un verre à la main.

— Comme le temps passe, Cassy…

— Oui, répondit-elle brièvement.

Elle baissa les yeux sur son verre, soudain déprimée. Lucien s'était rappelé qu'elle aimait le *gin-tonic…*

— Où en est votre article ? interrogea-t-il.

— Bien avancé. Cela m'ennuie un peu de ne pas pouvoir relater vos différences de vue avec Odette…

— Je ne voudrais pas que les critiques s'interrogent : « Comment aurait été le film, traité autrement ? »… Odette affirme que vous êtes d'accord avec elle. Par diplomatie ? Ou bien parce que vous êtes prête à me contredire en tout ?

— Il y a une troisième hypothèse…

— Vous auriez été sincère ?

— Evidemment ! Le point de vue d'Odette est celui d'une femme. Or votre héroïne, Ruth, est également une femme... Il me semble qu'Odette est mieux à même de juger ses réactions que vous.

— Peut-être. Cependant il arrive aux femmes de s'abuser sur les raisons qui les mènent !

— Cela n'arrive jamais aux hommes ?

Lucien dissimula un sourire. Il termina son verre avant de marmonner :

— C'est possible !

Puis, fixant la jeune fille droit dans les yeux, il martela :

— Un homme est meilleur juge du caractère féminin !

— Non ! protesta-t-elle. Vous ne pouvez pas comprendre ce qu'Odette a ressenti cet après-midi... Euh... je veux dire : *ce que Ruth a ressenti.*

Il rétrécit les yeux.

— Ce moment de panique... se rappela-t-il. Juste avant que je ne fasse couper... Il paraissait vrai ! J'en ai été touché !

Et d'une voix lente, il ajouta :

— J'ai déjà vu cette expression. Sur votre visage, Cassy...

Elle posa son verre sur la table, car ses mains tremblaient.

— Les femmes ont donc peur des hommes ? interrogea-t-il avec incrédulité.

Elle leva les yeux vers lui et comprit qu'il pensait à son film... Ce qu'avait pu éprouver Odette ne l'atteignait pas. Il n'était pas non plus concerné par ce qu'elle-même avait ressenti, deux ans auparavant.

Non... Pour lui, rien ne comptait en dehors de son film.

La colère envahit la jeune fille. Mais le calme de Lucien était tel que son irritation ne tarda pas à tomber. Elle haussa les épaules et reconnut d'une voix neutre :

— Oui, il arrive que les femmes aient peur des

hommes. Quand elles estiment avoir une raison pour cela...

— Et quelle raison ? Un regard menaçant ? Un mot trop dur ? Un baiser un peu brusque ?

— Cela peut suffire. Les femmes se sentent toujours en condition d'infériorité car les forces ne sont pas égales. Si un homme veut à tout prix la soumettre, il n'y a rien qu'elle puisse faire pour se défendre.

— Vous ne parlez pas comme les féministes !

— Je suis réaliste.

— Voyons, tous les hommes ne font pas appel à la violence !

— Vous-même ! rétorqua-t-elle. Et qui l'aurait cru ?

Il demeura silencieux quelques instants.

— Vous savez bien que je ne vous aurais jamais violée !

— Non ? interrogea-t-elle, sarcastique.

— Qu'une jeune fille sans expérience s'affole d'un rien, je veux bien le croire ! Mais des femmes comme vous et Odette...

Il l'examina d'un regard dur et empreint de scepticisme. De nouveau, la colère envahit Cassy.

— Oh, croyez ce que vous voulez ! Vous avez pourtant remarqué l'expression d'Odette !

— C'est une actrice.

— Vous savez parfaitement que sa réaction allait au-delà de la simple comédie ! Mais vous avez tant d'idées préconçues que vous ne comprenez même pas ce qui se passe devant vous. Faites donc ce film comme vous voulez ! Il sera moins authentique, mais il plaira aux hommes !

Elle se leva et se dirigea vers la porte. Brusquement, il la saisit par le bras et l'obligea à lui faire face.

Puis, doucement, il l'attira contre lui. Elle voulut

le repousser. Ses mains se posèrent sur sa poitrine et elle sentit la chaleur de son corps, la dureté de ses muscles...

Un frisson la parcourut tout entière.

— Vous n'avez pas peur de moi en ce moment, remarqua-t-il à mi-voix.

Ses lèvres se posèrent sur celles de Cassy. Il l'étreignait si étroitement qu'elle aurait été incapable de se dégager, si elle l'avait voulu. Or elle ne le souhaitait pas...

Cette constatation la stupéfia.

Elle crispa ses mains l'une contre l'autre, s'interdisant de jeter ses bras autour du cou de Lucien, comme elle en avait tellement envie.

Le désespoir l'envahit. Rien n'avait donc changé en deux ans ? Il avait toujours le même incroyable pouvoir sur elle ?

Son baiser devint de plus en plus passionné, et, malgré elle, elle entrouvrit les lèvres, tandis que lentement, il lui caressait les épaules et le dos. Mais quand il effleura un de ses seins, elle eut un brusque mouvement de recul.

— Non !

— Pourquoi non ? demanda-t-il doucement. Alors que votre corps dit oui...

— Qu'est-ce qu'un baiser ? Cela ne signifie pas que je désire aller plus loin.

— Vous n'accordez vos faveurs qu'en échange d'une interview ?

Elle le fixa, les yeux agrandis. La colère lui donna assez de force pour se dégager.

— Vous êtes ignoble ! Ah, vous pouvez mépriser les autres ! Croyez-vous que je me fasse des illusions sur ce baiser ? Je n'ignore pas que pour vous, il s'agissait seulement d'un test ! Vous guettiez mes réactions pour votre film !

Il la considéra, les mains dans les poches, le visage impénétrable.

— Tout cela est très intéressant !

Elle mourait d'envie de le gifler. Sans ajouter un mot, elle se dirigea vers la porte et l'ouvrit en grand. Elle s'apprêtait à quitter la caravane quand la voix de Lucien l'arrêta :

— Vous avez oublié quelque chose.

— Quoi donc ?

— Vous avez oublié de m'interviewer.

Elle ne l'ignorait pas, hélas... Et elle avait eu l'intention d'aborder ce sujet aujourd'hui même. Mais pour le moment, tout ce qu'elle désirait, c'était fuir cet homme et ne plus jamais entendre parler de lui.

Cependant, sa conscience professionnelle l'emporta. Son article serait incomplet s'il ne comportait pas l'interview du metteur en scène ! Aussi s'efforçat-elle d'oublier son orgueil et, d'une voix sèche, sans le regarder, elle lança :

— A quel moment désirez-vous qu'ait lieu cet entretien ?

— Il y a une condition...

Sa rage augmenta encore. Elle prit une profonde inspiration et, entre ses dents serrées, jeta :

— Oh, allez au diable !

Elle claqua la porte derrière elle. Mais au travers du battant, elle entendit un rire retentir. Un rire sardonique qui la poursuivit longtemps de ses échos...

Barbara était sur le point de se mettre au lit quand Cassy fit une entrée tumultueuse dans le bungalow qu'elles partageaient.

— Que vous arrive-t-il ? s'étonna la jeune femme. On dirait que vous venez d'avoir une discussion particulièrement vive...

Un léger sourire étira ses lèvres.

— Ou que vous avez été embrassée passionnément !

— Les deux ! rétorqua Cassy avec emportement.

Sa colère était telle qu'elle en oubliait d'être
discrète. Barbara s'assit sur son lit. Ses yeux bril-
laient de curiosité.

— C'est le patron, non ? Car vous étiez avec lui ?

— Oui, admit Cassy.

Le sourire de Barbara s'accentua.

— Je me doutais que vous plaisiez à Lucien !

— Merci bien ! Je ne voudrais pas de lui, même
si… s'il était le dernier homme vivant sur cette terre !

Elle alla prendre une douche. Quand elle revint
dans la chambre, sa colère était un peu calmée.
Barbara lisait tranquillement dans son lit.

— Barbara ! Vous ne parlerez de ceci à personne,
n'est-ce pas ? Je peux compter sur vous ?

La jeune femme leva les yeux.

— N'ayez crainte. J'ai l'habitude de garder des
secrets !

— D'ailleurs, fit Cassy avec véhémence, ce baiser
n'avait aucune signification ! Tout ce qu'il voulait,
c'était faire une expérience pour son film !

Barbara hocha la tête.

— Je comprends alors pourquoi vous êtes tellement fâchée. Quand Lucien est plongé dans la
réalisation d'un film, comme en ce moment, rien
d'autre ne compte. Cela ne l'empêche pas d'être un
homme excessivement sympathique, compréhensif,
humain…

Elle éclata de rire.

— Ne me regardez pas ainsi ! J'ai de bonnes
raisons de lui être reconnaissante ! L'année dernière,
quand mon fils est tombé malade et que le directeur
de la pension où je l'avais inscrit m'a demandé de
venir de toute urgence, Lucien m'a laissée partir. Et
pourtant, nous étions en plein tournage ! Mon

118

départ a ajouté de nombreux problèmes à ceux qu'il avait déjà. Cependant, il n'a pas hésité un instant à se séparer de moi. Quand je suis revenue, il n'y avait personne pour me remplacer : il m'avait gardé mon poste !

— Il ne veut pas perdre une secrétaire aussi efficace que vous ! lança Cassy d'une voix acide.

Barbara se mit de nouveau à rire.

— Décidément, vous lui en voulez beaucoup ! Ne parlons plus de lui pour le moment.

Elle éteignit la lumière. Cassy eut bien du mal à s'endormir. Elle ne cessait de se rappeler les bras de Lucien autour d'elle, ses lèvres sur les siennes, la chaleur de ses caresses...

Puis elle revit la lueur froide qui avait éclairé un instant ses prunelles avant qu'il ne l'attire contre lui. Elle ne s'était pas trompée... Ce soir-là, pour lui, elle n'avait pas été autre chose qu'un sujet d'expérience.

Le lendemain matin, on tourna la séquence au cours de laquelle Ruth — Odette —, allait rejoindre le chef des bagnards sur la plage — Ethan. Ils s'assirent à l'ombre d'un flamboyant dont les pétales rouges étaient tombés en pluie sur le sable.

Ruth faisait appel à toutes ses ressources féminines pour séduire le jeune bagnard. Celui-ci la méprisait de s'offrir aussi ouvertement. Cependant, à la fin de la séquence, il se jetait sur elle...

Avant que les caméras ne se mettent à ronronner, Odette avait longuement discuté avec Lucien. Mais les arguments de ce dernier l'avaient réduite au silence, et, sans plus se rebeller, elle était allée s'asseoir près d'Ethan.

Cinq fois de suite, on recommença la même scène. Cassy se demandait comment Lucien pouvait supporter de voir sa maîtresse dans les bras d'un autre homme.

— Coupez! lança-t-il enfin pour la dernière fois.

Ethan aida Odette à se relever.

— Très bien, fit Lucien. Et maintenant, Odette, nous allons tourner cette séquence selon votre idée.

Elle le regarda avec stupeur.

— Vous parlez sérieusement?

— Je ne dis pas que cette scène sera utilisée. Mais nous pouvons toujours essayer.

Le maquilleur se précipita une nouvelle fois avant qu'on ne donne le « clap » qui précédait chaque prise de vue.

Certes, l'idée directrice était toujours la même. C'était la façon d'interpréter le personnage de Ruth qui était différente. Odette paraissait maintenant beaucoup moins sûre d'elle. Elle ne se jetait pas à la tête du chef de la bande, comme précédemment. Non, son jeu était infiniment plus subtil. On devinait que seule la nécessité l'avait poussée à cet extrémité. Elle paraissait effrayée, presque pathétique, tandis qu'elle demandait à Denning de la protéger, car son mari en était incapable. La caméra s'attarda sur son visage, qui exprimait surtout une résignation désolée.

Quand Lucien cria « coupez », Cassy dut se retenir pour ne pas applaudir. Quelques-uns des membres de l'équipe prirent cette initiative, et elle se joignit alors à eux.

Lucien demeurait pensif. Odette le rejoignit.

— Nous recommençons? s'enquit-elle.

— Pourriez-vous faire mieux?

Elle secoua la tête.

— J'ai mis tout moi-même dans cette séquence!

— Ne vous imaginez pas avoir gagné la partie pour cela. Vous êtes une actrice sensationnelle, mais je n'ai pas encore pris de décision.

Elle l'embrassa sur la joue.

— C'est vous le patron ! lança-t-elle d'un ton léger.

Quelques rires retentirent. Cassy ne se joignit pas à cette hilarité. Elle avait froid, soudain... Lucien et Odette paraissaient si bien s'entendre ! Ce court dialogue révélait combien ils étaient proches l'un de l'autre.

On fit une pause pour déjeuner. Cassy jeta un coup d'œil à Lucien qui bavardait avec Odette et Ethan. Il fallait qu'elle obtienne son interview aujourd'hui même ! La veille, il avait parlé de « condition »... Mais il s'agissait là d'une plaisanterie cruelle et de mauvais goût. Rien de plus...

Elle le vit s'écarter des autres et en profita pour le rejoindre.

— Lucien ! Il faut absolument que vous m'accordiez cet entretien ! Est-ce possible maintenant ? Robby et moi partons ce soir !

— Ce soir ?

— Nous étions censés rester ici pendant une semaine. La semaine s'achève...

— Et comment rentrerez-vous à Auckland ?

— Dès que je le lui demanderai, le rédacteur en chef de *Citymag* nous enverra une voiture. Cependant je ne peux pas lui téléphoner avant d'avoir obtenu votre interview.

— Restez encore ce soir !

— Mais...

— Et je vous ramènerai à Auckland moi-même ! Je dois y aller demain matin.

— Je ne voudrais pas vous déranger...

— Si vous voulez m'interviewer, ce ne pourra pas être avant ce soir, de toute manière. Je serai très occupé d'ici là.

9

Dans l'après-midi, on tourna la séquence au cours de laquelle les guerriers Maoris attaquaient les bagnards.

Les figurants étaient arrivés un peu plus tôt. Ces jeunes Néo-Zélandais d'origine polynésienne, simplement vêtus de jeans et de tee-shirts, paraissaient méconnaissables après être passés entre les mains expertes du maquilleur et de l'habilleuse. Ils avaient vraiment l'air de guerriers menaçants avec leurs tatouages et leurs lances...

La soirée fut plus animée que de coutume, grâce à leur présence. La plupart étaient venus avec leur guitare, et un concert improvisé eut lieu après le dîner...

Cassy jetait de fréquents coups d'œil à Lucien. Aurait-il oublié qu'il lui avait promis une interview ? Il restait assis près d'Odette, qui paraissait plus détendue qu'à l'ordinaire.

Enfin, Lucien se leva et vint rejoindre la jeune fille.

— J'ai l'impression que la fête va se prolonger ! déclara-t-il en voyant la plupart des participants chanter en chœur ou taper dans leurs mains. Je suis à votre disposition ! Allons dans ma caravane.

Elle regarda autour d'elle.

— Où est Robby ?

Il haussa un sourcil.

— Qu'avons-nous besoin de Robby ! Il doit maintenant posséder une quantité incroyable de photos de moi ! Il n'a pas arrêté de me mitrailler sous tous les angles depuis son arrivée !

Il encercla le poignet de la jeune fille avec fermeté. Au fur et à mesure qu'ils s'éloignaient, les échos de la musique s'estompaient.

— J'ai besoin de mon carnet de notes, fit Cassy. Et aussi de mon magnétophone.

Il haussa les épaules.

— Allez les chercher. Je vous attends.

Cinq minutes plus tard, ils pénétraient dans la caravane. Lucien se contenta d'allumer une petite lampe de chevet.

Cassy remarqua qu'il avait rangé les papiers qui encombraient la table lors de sa dernière visite.

— Vous pouvez poser votre magnéto ici, déclara-t-il.

Elle s'exécuta et s'assit sur un coin de la banquette. La caravane était assez vaste, mais l'espace semblait brusquement s'être rétréci. A cause du manque de lumière ? Parce que Lucien était tout proche ?

Cassy ouvrit son carnet de notes. Pendant ce temps, le cinéaste se mit en devoir de préparer des boissons. Il déposa un verre devant elle, puis il se laissa tomber sur la banquette opposée.

Avec un sourire sarcastique, il regarda le stylo que la jeune fille faisait rouler entre ses doigts.

— Alors, que voulez-vous savoir ?

— Pour quelles raisons vous êtes-vous décidé à venir tourner en Nouvelle-Zélande ? s'enquit-elle tout d'abord.

— Parce que le scénario part de faits authentiques qui se sont déroulés ici. J'ai donc préféré respecter la

123

vérité au maximum. Je ne lèse en rien les cinéastes néo-zélandais, et je fais une certaine publicité aux sites touristiques de votre pays !

Cassy, prise par l'espèce d'automatisme de son métier, lui posa quelques questions au sujet de ses autres films. Sans réticence, Lucien admit qu'il avait commis des erreurs en réalisant son premier long métrage.

— Quels sont pour vous les qualités principales d'un metteur en scène ? demanda encore la jeune fille.

— La concision, l'authenticité et l'intégrité, répondit-elle brièvement.

Cassy releva la tête.

— Pouvez-vous préciser ? Qu'entendez-vous par intégrité, par exemple ?

Lucien, après avoir vidé son verre, réfléchit pendant un certain temps.

— Disons... l'habileté d'exécution. Le métier, en fait.

— Pas l'art ?

— Croyez-vous qu'il puisse être question d'art lorsque les connaissances techniques sont inexistantes ? En général, un film qui se veut « d'art » n'a aucun succès.

— Commercialement ?

— Et également sur le plan artistique.

— Par conséquent, vous évitez les effets artistiques ?

— Mais non !

— Les critiques au sujet de votre dernier film étaient très élogieuses.

— Vous les avez lues ?

— Naturellement ! Mais j'avoue ne pas avoir vu le film... Vous délaissez donc l'art au profit de la technique ? Pour attirer les spectateurs ?

124

Il la fixa sans mot dire. Son expression demeurait impénétrable. Puis il laissa tomber :

— Si vous voulez...

Elle avait espéré le voir s'animer un peu et se défendre contre l'accusation de mercantilisme qu'elle venait de porter.

— Vous n'avez pas touché à votre verre, remarqua-t-il.

Sans discuter, elle s'en empara, but deux ou trois gorgées et le reposa sur la table.

— Qu'attendez-vous du film que vous êtes en train de tourner ?

— Le succès.

Cassy se mordit la lèvre inférieure. Décidément, cette interview demeurait bien fade...

— Pourquoi avez-vous laissé Odette interpréter la scène comme elle l'entendait, ce matin ?

— Odette est une femme très entêtée. Je ne veux pas la heurter de front car je sais qu'elle vit essentiellement sur ses nerfs quand elle tourne.

— C'était seulement pour lui faire plaisir ? Vous n'utiliserez pas cette séquence ? demanda Cassy, déçue.

— Je n'ai pas dit cela.

— L'utiliserez-vous ou non ?

— Je n'en sais rien. Je n'ai pas encore vu les rushes.

Après une pause, il ajouta :

— Si j'accepte cette séquence, cela posera des problèmes.

— Lesquels ?

— Il faudra repenser la suite.

— C'est donc si compliqué ?

— Oui. Si nous décidons de modifier à ce point le caractère de cette femme, le film en sera-t-il plus réussi ? Odette a joué merveilleusement ce matin...

125

Mais il sera très difficile de transformer une faible femme en une créature capable de s'assumer !

— Cela ne rendrait-il pas le film plus intéressant ?

— Peut-être... Dites-moi, depuis quand les journalistes se transforment-ils en avocat du diable ?

— Excusez-moi... Mais tout cela me passionne, et je me laisse emporter ! Je sais bien que ce n'est pas à moi de vous donner des conseils...

Il eut un léger sourire.

— Aurez-vous bientôt fini de m'interroger ? Je commence à en avoir assez...

Cassy arrêta son magnétophone.

— Un dernier commentaire ? demanda-t-elle, s'emparant de son stylo.

Il éclata de rire.

— Voilà une question très étudiée ! Je suis sûre qu'elle réduit au silence le plus impénitent des bavards. Et aussi qu'elle est le point de départ de révélations intéressantes de la part de ceux qui se sont montrés plus réticents à parler !

Cassy joignit son rire au sien.

— Vous avez raison, admit-elle. En exerçant mon métier, j'ai vite compris que la plupart des gens avaient préparé quelques réflexions que je ne leur donnais jamais le temps de placer. C'est pourquoi je demande toujours aux interviewés s'ils ont un dernier commentaire à faire... Ainsi, je suis sûre de ne rien laisser dans l'ombre. Alors, un dernier commentaire ?

— Dites que nous pensons avoir fait un bon travail. Et que nous espérons que ce sera l'avis du public !

— Pas des critiques ?

— Les critiques ne paient pas leur place.

Elle leva les yeux.

— Vous êtes cynique. Pensez-vous vraiment que seul l'argent compte ?

— N'interprétez pas mes paroles dans le plus mauvais sens !

— N'était-ce pas cela qu'elles signifiaient ?

— Je croyais que vous en aviez fini avec les questions !

La jeune fille se mordit la lèvre inférieure. Elle se sentait frustrée... D'ordinaire, quand les interviews se terminaient, les gens se détendaient et faisaient des révélations intéressantes.

— Si votre public estimait que seul les succès commerciaux vous intéressent, quelle serait votre réaction ?

— Je me moque de ce qu'on pense de moi.

— Vous êtes très dur pour les autres. L'êtes-vous pour vous également ?

— Dur ? Moi ?

— Oui. Le niez-vous ?

— Auriez-vous parlé de moi avec Odette ? s'enquit-il.

Elle secoua négativement la tête.

— Vous semblez oublier que je vous ai connu autrefois, murmura-t-elle avec une certaine amertume.

Sur ces mots, elle se leva.

— Vous n'avez pas fini votre verre ! nota-t-il.

— Je n'ai pas soif. Merci... Et merci pour cette interview.

Il l'arrêta alors qu'elle se dirigeait vers la porte.

— Où allez-vous ?

Elle essaya de se dégager. En vain...

— Je rentre. Je n'ai plus de questions à vous poser, et...

— Ah non ! Nous avons conclu un marché, vous et moi !

Elle sentit les battements de son cœur s'accélérer.

— Ne dites pas de sottises ! Laissez-moi partir !

Lucien s'empara du carnet de notes et du magnétophone. Il les posa sur la table avec des gestes déterminés. Le stylo roula par terre, mais il ne parut pas s'en apercevoir.

— Nous avons conclu un marché, répéta-t-il. Croyez-vous que vous allez vous en tirer aussi aisément, petite tricheuse !

— Je ne triche pas ! Je n'ai jamais accepté...

Il l'attira contre lui.

— Arrêtez ! ordonna-t-elle. Vous êtes devenu fou ! Pensez-vous vraiment que...

Il l'interrompit.

— J'ai posé une condition, rappelez-vous ! C'est vous qui êtes devenue folle si vous vous imaginez que vous arriverez à me duper une seconde fois !

Il étouffa ses protestations sous un baiser qui éveilla en elle un torrent d'émotions et de désir. Elle résistait encore, mais elle se demandait avec terreur combien de temps elle parviendrait à masquer ses réels sentiments.

Lucien devina-t-il que sa résistance s'affaiblissait ? Il commença à la caresser lentement, sensuellement. Avec un gémissement étranglé, elle détourna la tête, évitant sa bouche insatiable.

— Que vous arrive-t-il ? s'étonna-t-il. Je vais trop vite pour vous ?

— Trop vite et trop loin ! Jamais je ne vous appartiendrai, Lucien !

Il eut un petit rire.

— Je vous l'ai dit : cette fois vous ne me duperez pas ! Je ne veux pas non plus vous prendre de force. Vous viendrez à moi de vous-même.

— Lucien, je...

Ses lèvres se posèrent de nouveau sur celles de la jeune fille, dans un baiser qui devint de plus en plus passionné. Elle eut une légère plainte. Ses jambes se dérobaient et son corps s'arquait contre celui de Lucien.

Les mains de ce dernier s'insinuèrent sous son chemisier, et elle ne put retenir un léger gémissement de plaisir. Il défit un bouton, et sa bouche glissa d'abord sur son cou, puis sur la naissance de ses seins.

Elle s'abandonnait tout entière.

Mais soudain une brusque rébellion s'empara d'elle. Si elle ne parvenait pas maintenant à l'arrêter, elle y réussirait encore moins... plus tard.

De toutes ses forces, elle se rejeta en arrière et le repoussa en le tirant violemment par les cheveux.

— Aïe ! grommela-t-il.

Il s'empara de ses poignets. Ses prunelles, pleines de désir un instant auparavant, étaient maintenant dures comme de l'acier.

— Que signifie ce petit jeu, Cassy ?

— Ce n'est pas un jeu !

— Je vous veux, et vous aussi, vous me voulez. Croyez-vous que je l'ignore ? Alors, à quoi bon ces comédies ?

— Je vous ai dit *non*, Lucien, répéta-t-elle une fois de plus avec lassitude. Et vous avez promis de ne pas me forcer.

— Pourquoi Halliday, et pourquoi pas moi ?

Elle ferma les yeux.

— Pas un seul instant, il ne vous est venu à l'esprit qu'Halliday ait pu mentir ?

— Vous ne lui avez pas appartenu ?

— Non. Je n'ai jamais appartenu à personne.

Un silence s'éternisa.

— Pourriez-vous le prouver ? demanda enfin Lucien.

Elle bondit. Ses yeux étincelaient de fureur.

— Quoi encore ?

Il la lâcha brusquement et elle se releva d'un mouvement prompt. Avec des mains tremblantes, elle rajusta son chemisier. Les lèvres serrées, elle luttait contre ses larmes et n'osait même pas lever les yeux sur Lucien.

Il lui mit un verre dans la main.

— Buvez cela ! Vous semblez en avoir besoin !

Elle avala l'alcool d'un trait. Et presque immédiatement après, elle se sentit mieux, en effet.

— Pourquoi Halliday aurait-il menti ?

— Je n'en sais rien ! soupira-t-elle. Par vanité masculine, peut-être ?

De nouveau, le silence pesa. Elle s'empara de son carnet de notes et de son magnétophone sans qu'il l'en empêche, cette fois. Son stylo avait disparu mais elle ne se donna pas la peine de le chercher. Tout ce qu'elle souhaitait, maintenant, c'était quitter cette pièce le plus rapidement possible.

— Je vous accompagne jusqu'à votre bungalow, déclara-t-il.

— Non, je vous en prie. Je préfère rentrer seule.

— Cassy… Vous dois-je des excuses ?

Elle eut un petit rire triste.

— Beaucoup, je crois. Mais ne vous inquiétez pas pour cela… Je demande une seule chose : ne plus jamais vous revoir.

Un morne désespoir la submergeait. Tout lui était égal…

Le lendemain matin, Barbara lui apprit que Lucien avait eu de nouvelles idées pour le film, et qu'il était parti en compagnie de l'un des cameramen explorer les environs.

— C'est moi qui vous conduirai à Auckland avec Robby, lui apprit la jeune femme.

Cassy s'efforça de masquer sa déception sous un grand sourire. Ainsi, Lucien l'avait prise au mot… Elle lui avait dit qu'elle ne voulait plus le revoir, et il respectait son désir.

À moins que, tellement pris par son film, il l'ait

déjà oubliée. Pour lui, l'épisode de la veille n'avait probablement guère d'importance !

Barbara déposa d'abord Robby chez lui. Puis elle conduisit Cassy à son domicile avant de commencer toutes les courses dont Lucien l'avait chargée.

Une fois dans son appartement, Cassy s'installa devant sa machine à écrire, commença à classer ses papiers et à transcrire certains passages des cassettes.

Elle travailla sans relâche pendant des heures, ne s'arrêtant que pour une courte interruption : le temps de regarder les informations à la télévision tout en grignotant un sandwich.

Elle se remit ensuite à l'ouvrage. Introduisant une nouvelle cassette dans le magnétophone, elle entendit la voix de Lucien...

Alors elle commença à prendre des notes, mais bien vite les larmes brouillèrent ses yeux. Elle se mordit les lèvres en s'efforçant de les refouler.

« C'est ridicule ! », songea-t-elle. « Je ne vais pas pleurer pour cet homme ! »

L'amertume la gagna lorsqu'elle se rappela que deux ans auparavant, Lucien ne lui avait pas non plus dit au revoir...

Elle crispa les poings, furieuse contre elle-même.

— Tu ne vas pas t'apitoyer sur ton sort ! se gourmanda-t-elle à voix haute.

Lucien ne la comprenait pas. Il ne l'avait jamais comprise... D'ailleurs, le souhaitait-il seulement ? Pour lui, elle était une jolie fille. Une jolie fille qui lui plaisait un peu, mais pas suffisamment pour qu'il se donne la peine d'entreprendre sa conquête.

Or elle ne voulait pas d'une aventure sans lendemain. Elle rêvait d'un amour durable et d'attaches solides.

Elle avala sa salive, en proie à un désarroi sans nom. Quoi, elle venait de passer une semaine en compagnie de Lucien ? Il l'avait embrassée deux ou trois fois, et cela avait suffi pour la mettre dans un tel état ?

— Alors, comment serais-je aujourd'hui si... si nous avions été plus loin ! soupira-t-elle.

S'obligeant à ne plus penser, elle reprit son crayon et, les dents serrées, réécouta l'enregistrement depuis le début.

Elle avait un reportage à construire, rien d'autre ne devait compter ! Lucien estimait que son film devait passer avant tout ? Eh bien, elle imiterait son exemple en privilégiant son travail.

L'amertume la submergea. Son travail... N'était-ce pas tout ce qui lui restait désormais ?

10

Le reportage signé par Cassy Reynolds parut quelques semaines plus tard dans *Citymag*. Il couvrait plusieurs pages et avait même les honneurs de la couverture.

Les collègues de la jeune fille furent nombreux à la féliciter pour son excellent travail. Elle aurait dû être heureuse en constatant combien sa réussite professionnelle était complète. Mais au lieu de cela, elle se sentait terriblement déprimée, et chaque fois que quelqu'un mentionnait de nouveau cet article, elle avait envie d'éclater en sanglots.

Quelques jours après la sortie du numéro, Rudy l'appela dans son bureau. Elle s'immobilisa sur le seuil en constatant qu'il recevait un visiteur...

Celui-ci n'était autre que Lucien.

— Entrez donc, Cassy ! fit Rudy avec bonne humeur. C'est pour vous que ce monsieur est venu !

Elle jeta un rapide coup d'œil à Lucien, dont le visage demeurait impénétrable.

— Pourquoi voulez-vous me... me voir ? balbutia-t-elle. Mon article vous a déplu ?

Rudy répondit à la place de Lucien :

— Au contraire ! Il tient à vous féliciter !

— Oui, intervint Lucien. Ce reportage a été rédigé de manière très intelligente et objective. Je voulais vous en complimenter ! Et en guise de remerciement, j'aimerais vous emmener déjeuner.

— Ce n'est pas possible, je...

— Mais si, c'est possible ! coupa Rudy. Je vais envoyer le jeune stagiaire visiter cette école pilote que vous deviez aller voir en début d'après-midi. Prenez votre demi-journée, Cassy !

Ne sachant comment se tirer de cette situation délicate, elle chercha en vain une dérobade et n'en trouva pas.

— Et Robby ? interrogea-t-elle enfin. Sans ses photos, l'article ne...

— Je viens de voir Robby, fit Lucien. Il n'était pas libre pour déjeuner.

Elle l'examina d'un air songeur, se demandant s'il avait vraiment eu l'intention de les inviter tous les deux...

Cinq minutes plus tard, la jeune fille se trouvait en compagnie de Lucien devant l'immeuble qui abritait la rédaction du *Citymag*.

— Votre rédacteur en chef m'a recommandé un restaurant, déclara le jeune homme.

Elle le suivit sans protester, et, bientôt, se trouva assise à une table proche d'une baie vitrée donnant sur le port. Elle feignit de s'absorber dans la contemplation des yachts qui dansaient dans les courtes vagues. Au loin, on distinguait l'île volcanique de Rangitoto sur laquelle se détachaient les silhouettes des grands cargos au mouillage.

Lucien demeurait silencieux, lui aussi. Et la tension devenait presque palpable...

— Où en est le film ? interrogea-t-elle enfin.

— Il avance... Tout le monde travaille dur et s'entend à dire que je suis odieux !

— Vraiment ? s'étonna-t-elle.

La remarque de Lucien la surprenait. Elle avait eu

l'impression qu'il était très apprécié par chacun des membres de son équipe.

— Odette aussi m'accuse d'être désagréable !

Il se pencha.

— Vous-même m'avez souvent trouvé détestable...

Sa voix s'adoucit.

— Me haïssez-vous, Cassy ? Répondez-moi sincèrement !

— Mais non ! Bien sûr que non ! assura-t-elle d'une voix tremblante.

Elle n'osait pas le regarder.

— Vous m'avez dit que vous ne vouliez plus jamais me revoir, lui rappela-t-il.

— J'ai parlé sous l'empire de la colère... Quand on est fâché, les mots dépassent souvent la pensée.

Lucien joignit les mains et, d'un air songeur, les considéra.

— Cassy, je voudrais que vous acceptiez mes excuses. Je regrette de... d'avoir tiré des conclusions hâtives et de ne pas vous avoir crue. Je m'en veux surtout de m'être conduit comme une brute, le dernier jour, à bord du *Princess*...

Ce discours était tellement inattendu qu'elle demeura sans voix.

— Acceptez-vous mes excuses, Cassy ?

— Oui... murmura-t-elle.

Le serveur posa devant eux des assiettes de saumon, et l'atmosphère se détendit légèrement. Un peu plus tard, alors qu'ils en étaient au café, la jeune fille demanda si Odette interprétait comme elle l'entendait le rôle de Ruth, ou bien si le point de vue de Lucien l'avait emporté.

Il sourit.

— C'est Odette qui a gagné !

— J'en suis heureuse ! Je devinais, instinctivement, qu'elle avait raison sur le fond !

Lucien ne répondit pas ; elle comprit qu'il n'était pas encore totalement convaincu.

— Votre rédacteur en chef vous a donné votre après-midi. Voulez-vous venir avec moi en studio voir la partie du film qui est déjà montée ? Ensuite, nous pourrons dîner ensemble.

Elle hésita.

— Cela me ferait plaisir de voir le film, dit-elle enfin. Malheureusement, je ne peux pas dîner avec vous : je suis prise ce soir.

Il se raidit imperceptiblement mais ne fit aucun commentaire.

Cassy trouva absolument passionnant de voir projetées sur l'écran les séquences qu'elle avait vues tourner.

Le film commençait à prendre forme... Elle assista à des scènes qu'elle ne connaissait pas encore. Par exemple celle de l'arrivée des bagnards à bord de leur bateau. Puis la bataille entre les Maoris et la petite bande de réfugiés... Les Maoris, supérieurs en nombre, étaient les vainqueurs, et leur chef apportait ensuite la tête de Denning à Ruth. Après cela, cette dernière tuait le chef des Maoris dans son sommeil. Elle parvenait à s'enfuir du village et allait se rendre au capitaine de vaisseau envoyé à la recherche des fuyards.

Cette scène était particulièrement bouleversante. Très droite dans ses guenilles, Ruth attendait sur le rivage l'arrivée de la barque qu'on avait envoyée pour elle. Un officier sanglé dans son uniforme l'examinait avec méfiance...

Il lui demandait son nom sans chercher à cacher son mépris. Elle le lui donnait avec calme. Un petit sourire ironique détendait ses lèvres...

Ensuite, il lui demandait où se trouvaient ses compagnons.

— Ils sont morts, répliquait-elle avec dignité. Tous les sept.

— Alors, vous avez décidé de vous rendre, mon petit ? Vous avez eu raison... Vous n'auriez pas pu survivre seule !

Le sourire ironique de Ruth se teintait d'amertume.

— Un chef Maori a fait de moi son épouse.

Une expression de dégoût se peignait sur le visage de l'officier.

— Les sauvages !

— Oui.

Elle soutenait son regard et répétait, sarcastique :

— Oui...

— Puisque vous n'êtes qu'une femme et que vous avez probablement été entraînée dans cette aventure malgré vous, le Gouverneur se montrera certainement enclin à la mansuétude, assura-t-il. Surtout si vous vous conduisez bien pendant la traversée jusqu'à Sydney... Je témoignerai en votre faveur !

D'après le scénario, cette scène se déroulait différemment : Ruth devait séduire l'officier, ce qui amenait ce dernier à intervenir pour elle.

Dans cette version, il n'était pas question de séduction. Ruth demeurait dure, froide et déterminée... Quand elle montait à bord du vaisseau, elle semblait seule au monde, mais en même temps infiniment forte, responsable d'elle-même et de son destin.

Lentement, le bateau s'éloignait, jusqu'à ce qu'on ne distingue plus, en figure de proue, que la silhouette indomptable de l'héroïne...

On ralluma les lumières. Cassy se tourna vers Lucien, qui était assis dans le fauteuil voisin du sien.

— Odette est formidable ! s'exclama-t-elle. Quelle actrice ! Quelle étonnante personnalité !

— Il fallait qu'elle ait une étonnante personnalité

pour parvenir à me convaincre de modifier le scénario, fit Lucien avec un sourire de biais.

Certes, il avait tenu compte des arguments d'Odette. Mais les espèces de tests qu'il avait tentés sur Cassy avaient dû aussi peser sur sa décision.

— A quoi pensez-vous ? lui demanda-t-il brusquement.

— J'essaie de comprendre pourquoi vous avez changé d'avis.

Il fronça les sourcils.

— Ruth n'utilise pas son charme comme une arme... Elle n'a pas besoin de recourir à de tels expédients...

Il avait gardé sa voiture de location et la reconduisit chez elle. Au moment de le quitter, elle sentit les larmes lui monter aux yeux.

Soudain, il la prit par le poignet.

— Nous reverrons-nous ?

Elle étudia son visage dénué d'expression, puis elle haussa les épaules.

— Si vous y tenez...

— Alors je vous ferai signe, promit-il avant de démarrer.

Cassy devait aller ce soir-là chez des amis en compagnie de Dave.

Elle résista à la tentation de téléphoner au jeune avocat pour annuler cette sortie sous un prétexte quelconque. Mais elle n'avait pas l'habitude de se conduire de cette façon... Et puis, au milieu d'un groupe animé, peut-être parviendrait-elle à ne plus penser à Lucien ?

Quand Dave arriva, elle était prête. Elle avait revêtu une robe en soie mordorée, qu'elle portait avec des boucles d'oreille d'ambre.

Dave l'enveloppa d'un regard admiratif.

— Comme vous êtes belle !

Etrangement, elle se sentit coupable. Un sourire mal assuré trembla sur ses lèvres.

La voiture de Dave attendait à la porte. Un peu plus tard, ils arrivèrent chez le jeune couple qui les avait invités.

La soirée était très animée, et chacun paraissait beaucoup s'amuser, y compris Dave qui était loin de soupçonner l'état d'abattement dans lequel se trouvait Cassy...

Pour se changer les idées, la jeune fille but plus que de coutume. L'alcool rosit ses joues et fit briller ses yeux.

Sa gaieté factice abusa Dave... Il se montra encore plus empressé que d'habitude ; Cassy lui répondit sur un ton de marivaudage, ce qui ne lui arrivait jamais...

Ils ne tardèrent pas à prendre congé. Dave la reconduisit et arrêta sa voiture devant l'immeuble où elle habitait.

Elle s'apprêtait à descendre quand il la prit dans ses bras. Pendant quelques instants, elle répondit à ses baisers avec ardeur. Ses sentiments étaient mêlés. Elle éprouvait pour Dave beaucoup d'affection. Elle était bien dans ses bras... Elle aurait voulu qu'il lui fasse oublier l'homme qui l'avait marquée d'une empreinte trop forte. En même temps, le remords la submergeait à la pensée qu'elle acceptait les baisers d'un homme alors qu'elle ne cessait de songer à un autre...

Maintenant, Dave l'embrassait passionnément dans le cou. Il murmurait des mots sans suite. Peu à peu, le sens de ses paroles parvint au cerveau engourdi de la jeune fille.

— Epousez-moi, Cassy ! suppliait-il. Je vous aime ! Je vous aime tant ! Ne me faites pas attendre plus longtemps, je vous en prie... Cassy !

Elle flottait jusqu'à présent dans une espèce de

monde irréel. Les phrases hachées de Dave la firent revenir brusquement sur terre.

Un malaise la gagna, tandis que ses remords augmentaient encore. Avec douceur, elle le repoussa.

— Je vous en prie, Dave...

Il retrouva immédiatement le contrôle de lui-même.

— Ne m'en veuillez pas, Dave... murmura-t-elle. Je... je n'aurais pas dû vous...

— Vous savez que je vous aime ! Je désire vous épouser... Pourquoi me traitez-vous ainsi, Cassy ? Je me suis montré tellement patient jusqu'alors ! Mais je n'en peux plus... Quand vous me regardez comme vous m'avez regardé tout au long de la soirée, je... je deviens fou ! Je ne suis qu'un homme, Cassy ! Un homme fait de chair et de sang ! Et vous êtes aussi de chair et de sang...

Il la fixa, comme dégrisé.

— Vous avez répondu à mes baisers ! fit-il d'un ton presque accusateur.

Elle baissa la tête.

— Oui, admit-elle avec désarroi. Je vous aime beaucoup, Dave, et vous avez été patient avec moi...

Il l'interrompit.

— Vous m'aimez beaucoup ! releva-t-il. Seulement ?

Elle se mordit la lèvre inférieure, ne sachant que dire...

— Ne discutons plus maintenant ! décida-t-il. Je suis obligé de m'absenter pendant plusieurs jours. Quand je reviendrai, vous me donnerez une réponse... Je passerai jeudi à dix-neuf heures.

— Dave...

— A jeudi ! coupa-t-il.

Il déposa un léger baiser sur sa tempe et ouvrit la portière.

— Bonsoir, Cassy... ma chérie.

La jeune fille n'avait pas besoin d'attendre jeudi pour savoir ce qu'elle dirait à Dave.

Elle s'en voulait de lui avoir donné de l'espoir. Il serait d'autant plus difficile de lui parler... Oh, pourquoi avait-elle laissé cette situation s'éterniser ?

Sincèrement, elle avait espéré pouvoir être une bonne épouse pour Dave. Et puis Lucien était revenu...

Pourtant, elle savait bien que pour lui, elle n'était qu'un intermède. Il était probable qu'il disparaîtrait de sa vie sans laisser de traces. Comme deux ans auparavant...

Mais à cause de ce qu'elle ressentait pour lui, elle ne pouvait pas accepter la demande en mariage de Dave. Ni d'un autre homme... Cela n'aurait pas été honnête.

Le moment était venu de rompre avec Dave. Elle regrettait de plus en plus de ne pas avoir eu le courage de le faire plus tôt...

Dans l'après-midi du jeudi, elle se trouvait au journal quand on l'appela au téléphone.

« — C'est un homme », lui apprit la standardiste. « Il dit que c'est personnel. »

Elle s'attendait à être mise en communication avec Dave. Au lieu de cela, ce fut la voix chaude de Lucien qui résonna dans l'écouteur.

— Cassy ? Je viens d'arriver à Auckland. Puis-je passer vous prendre ? Nous pourrions dîner ensemble.

— Je suis désolée, mais je ne suis pas libre ce soir.

Il marqua une pause.

— Serait-ce parce que je ne vous ai pas fait signe plus tôt que vous refusez ?

— Pas du tout ! s'exclama-t-elle. Ma soirée est réservée depuis longtemps...

— Ne pourriez-vous pas vous décommander ?

Ce n'était pas possible ! Dave attendait sa réponse ce soir ! Et bien que celle-ci ne soit pas telle qu'il l'espérait, elle ne pouvait pas le traiter avec une semblable désinvolture !

— Je ne peux pas, déclara-t-elle avec fermeté.

— Est-ce un homme ?

— Oui.

— Le même que l'autre jour ?

— Oui.

— Vous lui consacrez beaucoup de votre temps !

Cassy crut deviner une note de jalousie dans sa voix. Cela ne lui aurait pas déplu si elle avait eu l'esprit plus libre... Mais elle était extrêmement tendue à la pensée du difficile entretien qu'elle aurait le soir avec Dave.

— Vous ne pouvez pas vous attendre à ce que je sois libre quand vous m'invitez à la dernière minute !

Un silence s'établit.

— Remettez ce rendez-vous, Cassy !

— Il n'en est pas question !

De nouveau, ce fut le silence.

— Je passerai vous prendre au journal de toute manière ! conclut-il enfin.

Et, sans attendre sa réponse, il raccrocha.

Il l'attendait dans le hall quand elle sortit. Elle alla à sa rencontre, tête haute et mâchoires crispées. Elle craignait qu'il n'essaie encore de lui faire modifier son emploi du temps, et la perspective d'une discussion agissait sur ses nerfs déjà bien éprouvés.

— Je vous ramène chez vous, décida-t-il. Avons-nous le temps de nous arrêter pour prendre un verre ?

Elle secoua la tête.

— Il y a trop de monde dans les cafés à cette heure-ci, et je dois me préparer : Dave sera là à sept heures.

— Dave comment ?

— Quelle importance ?

— Le connaissez-vous depuis longtemps ?

— Depuis près d'un an.

— Un an ? Mais cela devient sérieux ! Est-ce que...

Elle l'interrompit.

— Je n'ai aucune envie de parler de lui avec vous.

— *Est-ce sérieux entre vous et lui ?* demanda-t-il entre ses dents serrées.

Elle sursauta, soudain submergée de colère.

— Oui, c'est sérieux ! s'entendit-elle rétorquer rageusement. La preuve : il m'a demandé de l'épouser !

Lucien freina à un feu rouge, si brusquement que si Cassy n'avait pas songé à mettre sa ceinture de sécurité, elle aurait heurté le pare-brise.

— Excusez-moi, marmonna-t-il, les yeux fixés sur les feux.

Quand ils passèrent au vert, il démarra. Au bout de quelques instants, il demanda :

— Allez-vous l'épouser ?

Cassy ne répondit pas immédiatement. N'était-ce pas à Dave qu'elle devait d'abord la vérité ? Elle l'avait traité d'une manière dont elle n'avait pas à être fière. Elle n'allait pas en rajouter en faisant part de sa décision à un autre avant lui !

— Je ne peux pas vous le dire, déclara-t-elle enfin.

— Cela signifie que vous n'en savez rien ? interrogea Lucien avec un rire sarcastique.

— Cela signifie que cela ne vous regarde pas, corrigea-t-elle.

Ils étaient presque à sa porte.

— Voyez-vous ce... ce Dave dimanche ? s'enquit Lucien.

Elle secoua négativement la tête.

— Nous pourrions passer la journée ensemble ? suggéra-t-il.

— Cela me ferait plaisir !

— Dans ce cas, je viendrai vous prendre à dix heures et demie. Entendu ?

— Entendu... Et si je préparais un pique-nique ?

— Quelle bonne idée !

Cassy gravit l'escalier d'un pas léger. Jusqu'à ce qu'elle se souvienne que ce soir même, elle devrait donner une réponse à Dave. Alors son cœur s'alourdit...

En réalité, cette entrevue fut beaucoup moins terrible qu'elle ne l'appréhendait, car Dave s'attendait à un refus de sa part...

— Je savais que vous ne m'aimiez pas. Mais j'espérais qu'avec de la patience...

— Moi aussi, assura Cassy. Hélas, on ne peut commander ses sentiments... Pourtant, la vie en serait facilitée !

Dave fronça les sourcils, soudain soupçonneux.

— Y a-t-il... quelqu'un d'autre, Cassy ?

Elle détourna la tête. Il la força à lui faire face et répéta sa question.

— Oui, avoua-t-elle honnêtement. Je viens de revoir un homme que je n'avais pas vu depuis deux ans.

— Un homme qui compte beaucoup pour vous ?

Elle réussit à soutenir son regard.

— Oui. Mais je ne sais pas ce qu'il éprouve à mon égard.

— J'espère que ses sentiments sont réciproques, fit Dave d'une voix rauque.

— Vous êtes trop généreux ! s'exclama-t-elle. Oh, je voudrais...

Il lui coupa la parole.

— Chut ! Ne parlons plus de tout cela... J'espère

que plus tard nous deviendrons de bons amis. Mais pour le moment, je... je préfère ne plus vous voir.

Quand ils se séparèrent, les yeux de Cassy étaient baignés de larmes. Et elle en voulait à Lucien... A cause de lui, elle avait dû repousser l'amour si sincère du jeune avocat.

Quant à Lucien, qu'avait-il à proposer ?

Quelques sorties, quelques baisers... Une brève aventure s'il parvenait à avoir raison de ses scrupules... Mais une aventure sans lendemain : elle ne se faisait guère d'illusions à ce sujet !

11

— Où voulez-vous que nous allions ? s'enquit Lucien. Vous êtes familière de cette région !

— Connaissez-vous les Waitakers ?

— J'y suis allé voilà déjà plusieurs années. C'est le genre d'endroit où l'on oublie ses idées noires !

Cassy eut un sourire réticent.

— Vous avez raison... Et si les Waitakers ne suffisent pas, on peut descendre à Piha.

— Piha ?

Lucien étudia la carte.

— Cette plage ? Comment est-elle ?

— Magnifique... Sauvage et dangereuse...

— Eh bien, allons-y !

Ils traversèrent la ville sans échanger un mot. Ce fut après avoir dépassé la petite bourgade de Titirangi que Lucien demanda :

— Vous vous sentez mieux ?

Ils se trouvaient maintenant en pleine forêt. La jeune fille respira à pleins poumons par la vitre baissée avant de lancer d'un ton léger :

— Je ne me suis jamais sentie mal !

Lucien ne tarda pas à arrêter son véhicule à l'orée d'un sentier. Ils descendirent de voiture et s'engagèrent dans l'étroit chemin rendu glissant par les feuilles mortes. Les arbres étaient immenses, de ce côté, et ils s'arrêtèrent pour admirer l'un d'eux, particulièrement haut. Cassy posa sa main à plat sur le tronc énorme. Soudain, ses problèmes lui parurent être bien peu de choses en comparaison du vaste univers.

Lucien recouvrit sa main de la sienne. Elle eut un frisson à ce contact inattendu.

— A quoi pensez-vous ? demanda-t-il d'une voix neutre.

Elle aurait pu répondre que cela ne le regardait pas... Mais elle s'entendit déclarer :

— Cet arbre a probablement plusieurs centaines d'années...

Elle leva les yeux.

— Vous imaginez ? Plusieurs centaines d'années ! martela-t-elle. Cela nous ramène à notre juste porportion !

Lucien hocha lentement la tête.

— En effet... murmura-t-il.

Avec des gestes pleins de douceur, il l'attira contre lui. Elle ne résista pas... L'instant, le lieu, son humeur... Tout semblait propice à cette étreinte.

Ils demeurèrent enlacés, les yeux dans les yeux, pendant une éternité, sembla-t-il à la jeune fille. Puis Lucien se pencha et leurs lèvres se rencontrèrent. Au début, elle garda les yeux ouverts, avant de baisser les paupières comme pour mieux se recueillir.

Jamais Lucien ne l'avait embrassée ainsi, avec cette tendresse à la fois délicate et passionnée.

Quand il la lâcha, elle tremblait des pieds à la tête. La prenant par la taille, il la ramena vers la voiture.

Cassy se sentit brusquement rejetée... Pourtant, il la maintenait solidement. Mais à chaque pas, elle avait l'impression qu'il s'éloignait d'elle...

Ils reprirent la route. Lucien paraissait maintenant préoccupé. C'était à peine s'il semblait remarquer la présence de sa passagère. Un pli entre les sourcils, il se consacrait exclusivement à la conduite.

Cassy ne comprenait plus... Ce baiser avait été... *parfait !* Elle avait eu alors l'impression d'être si proche de lui ! Et maintenant, on aurait cru qu'un mur infranchissable s'était élevé entre eux. Ce mur, c'était Lucien qui l'avait construit — sciemment, elle l'aurait juré !

Mais pourquoi ?

Ils descendaient la route en lacets qui menait à Piha, dont on apercevait déjà la plage de sable noir. Ce fut en laissant son regard errer sur l'énorme rocher du Lion — appelé ainsi car sa forme évoquait celle du grand fauve —, que la jeune fille comprit les raisons de l'attitude de Lucien.

« Comme j'ai été sotte ! songea-t-elle avec amertume. Délibérément, j'ai oublié Odette ! »

On ne pouvait pas rayer ainsi l'existence d'un être humain ! Or, au cours de ces derniers jours, c'était ce qu'elle avait fait...

Lucien, lui aussi, avait peut-être tenté de l'oublier, le temps d'une parenthèse galante... Mais le souvenir de la jeune femme avait été le plus fort. Maintenant, il se sentait coupable, c'était évident !

Cassy se mordit les lèvres. Elle était mal à l'aise, blessée et surtout humiliée...

Ils pique-niquèrent sur une colline dominant la plage. Lucien avait apporté une bouteille de vin, mais quand il voulut remplir une seconde fois le verre de Cassy, elle refusa.

Sans le moindre commentaire, il reprit du vin à plusieurs reprises, puis, après avoir rangé les reliefs du repas, il s'appuya sur un coude pour regarder les jeunes gens qui chevauchaient les vagues sur leur planche de surf.

Cassy fixa la ligne de l'horizon, au loin.

Le silence s'éternisait...

Quand Lucien posa la main sur son genou, elle sursauta. Elle ressentait ce geste presque comme une agression. Brutalement, elle le repoussa.

— Ne me touchez pas ! ordonna-t-elle, raidie de colère.

Alors, tout se passa très vite... Avant qu'elle ait le temps de deviner ce qu'il allait faire, Lucien l'immobilisa.

Elle ouvrit la bouche, prête à hurler... Mais il la réduisit au silence d'un baiser.

De toutes ses forces, elle tenta de se débattre. C'était impossible... Les forces n'étaient pas égales...

Sa colère fit place à la frayeur. Puis elle devint infiniment consciente du poids du corps de Lucien... De ses lèvres chaudes... De son cœur qui battait contre le sien... Alors elle s'abandonna tout entière. Entrouvrant les lèvres, elle répondit à son baiser dans un élan de tout son être. Jamais elle n'avait manifesté autant d'ardeur passionnée.

Il releva la tête et la contempla. Il n'y avait plus la moindre crainte dans les yeux de Cassy tandis qu'elle soutenait son regard.

— Seigneur ! haleta-t-il.

Il la fixait maintenant avec incrédulité.

— Seigneur... répéta-t-il. Cassy !

Elle eut un rire heureux. Une flamme de désir s'alluma dans les yeux gris de Lucien.

— Maintenant, dites-moi de ne pas vous toucher ! la défia-t-il.

Elle rougit, les yeux clos. Elle mourait d'envie de sentir ses doigts sur sa peau...

— Oh, Lucien... murmura-t-elle, vaincue.

Doucement, il lui effleura les joues. Puis il suivit le contour de ses lèvres.

— Pendant des années, j'ai rêvé de vous voir ainsi ! déclara-t-il.

Elle s'efforça de revenir sur terre.

— Je ne vous crois pas ! Vous m'aviez bel et bien oubliée !

— Certainement pas ! Et vous, m'aviez-vous oublié ?

Elle évita son regard. Elle aurait voulu trouver une réponse légère, spirituelle et enjouée... Une réponse qui ne l'aurait pas trahie. Mais elle s'entendit avouer d'une voix rauque :

— Non.

— Je voulais vous haïr ! déclara-t-il. Et je vous ai haïe pendant un certain temps...

Elle frissonna.

— Pourquoi ?

— Je n'aime pas les supercheries, déclara-t-il d'un ton sec. Et je n'aime pas non plus être manipulé.

Son visage était dur. Ses yeux étincelaient, très froids.

— Souvent, j'ai rêvé de vous avoir à ma merci... Vous m'auriez suppliée de vous prendre... Mais je vous aurais repoussée !

Glacée, elle se sentit envahie par la panique.

— Mais... pourquoi ? Pour vous venger ?

— J'aurais autant souffert que vous, Cassy ! Je suis incapable de vous rejeter ! Je n'en aurai jamais le courage. Pas plus maintenant que plus tard...

— Que voulez-vous dire ? interrogea-t-elle d'une voix mal assurée.

Il répondit par une autre question :

— Acceptez-vous de m'épouser ?

Cassy demeura silencieuse. Elle aimait cet homme... Et jamais elle n'aurait imaginé qu'il puisse lui faire une telle proposition. Cependant elle se posait encore tant de questions...

Un peu mal à l'aise, elle interrogea :

— Et Odette ?

Le visage de Lucien demeura impassible.

— Que vient-elle faire ici ?

Elle ne s'encombra pas de circonlocutions :

— A Waiwera, tout le monde disait que vous étiez amants.

Lucien eut un sourire sardonique.

— Il y a toujours beaucoup de ragots sur les lieux de tournage... Ne me dites pas que vous avez ajouté foi à de semblables commérages !

— Vous passiez énormément de temps en sa compagnie, remarqua-t-elle.

— Odette est une actrice extraordinaire. Mais c'est aussi une femme particulièrement sensible et nerveuse. Pour obtenir d'elle un maximum, il faut discuter interminablement, jusqu'à ce qu'elle se glisse totalement dans la peau de son personnage. Or, vous vous en souvenez bien, nous avions quelques divergences concernant le caractère de Ruth...

— Je comprends, assura la jeune fille.

Elle se leva. Il se mit debout à son tour et posa ses mains sur ses épaules.

— Alors ? interrogea-t-il.

Elle passa sa langue sur ses lèvres sèches avant d'en venir au sujet qui la tracassait :

— Vous m'en voulez toujours parce que je vous ai pris pour Lionel Halliday ?

Il haussa les épaules.

— C'est sans importance ! grommela-t-il. Ne parlons plus de cela.

Elle se dégagea.

— Parlons-en, justement !

Et, le fixant droit dans les yeux :

— Je sais, je n'aurais pas dû vous cacher le fait que j'étais journaliste... J'admets avoir fait tomber mon sac devant vous, exprès pour faire votre connaissance. Ou plutôt, pour faire la connaissance de Lionel Halliday, car j'étais persuadée que c'était vous !

Elle soupira.

— Croyez-moi, cela ne m'enthousiasmait guère d'avoir recours à de tels procédés ! Mais je ne voyais pas d'autre solution ! Le rédacteur en chef de *Citymag* avait menacé de me mettre dehors si je revenais sans l'interview d'Halliday. Or ce dernier avait la réputation de refuser tout contact avec la presse ! Que pouvais-je faire ?

Elle se redressa, soutenant son regard.

— Ce n'était pas très honnête, je le reconnais ! Et c'est la seule fois où, dans toute ma vie comme dans toute ma carrière, j'ai eu recours à la tricherie... Je ne recommencerai jamais ! Mais m'en voudrez-vous toujours à cause de cela ? Vous-même, n'avez-vous jamais accompli au cours de votre existence une action dont vous rougiriez maintenant ?

Il rétrécit les yeux puis, d'une voix lente, avoua :

— Je regrette d'avoir tourné *La Montagne Solitaire*.

La stupeur laissa Cassy momentanément sans voix.

— Mais ce film a pourtant été encensé par les critiques ! s'exclama-t-elle enfin.

— Il n'empêche qu'il est mauvais ! Jamais je n'aurais dû accepter le scénario...

Elle hésita.

— Alors, vous... vous me comprenez ?

Il eut un sourire de biais.

— J'ai essayé de me persuader que vous m'aviez dupé. J'ai également essayé de me persuader que vos baisers n'étaient que comédie...

Elle sursauta.

— Quoi ?

— Vous étiez prête à n'importe quoi pour obtenir cette interview... Et vous pensiez que j'étais Halliday. J'ai ressenti tout cela comme... comme une gifle donnée à mon orgueil masculin. D'autant plus que j'étais amoureux de vous... Je me suis donc durci. Je me suis affirmé que vous n'étiez qu'une petite tricheuse avec laquelle je ne voulais plus rien avoir à faire. J'ai donc quitté le *Princess* sans chercher à vous revoir. Puis vous avez commencé à hanter mes songes...

— Et vous, les miens ! fit-elle en écho. Je ne trichais pas, Lucien. Je vous aimais, moi aussi. Mais j'étais persuadée que vous ne cherchiez qu'une aventure sans lendemain. Un de ces flirts de vacances comme on en voit tant en croisière... Je refusais de m'abandonner pour être ensuite cruellement rejetée. Cela m'effrayait...

Il s'empara de ses mains.

— Et maintenant ? Etes-vous toujours effrayée ?

— Non... Mais pourquoi voulez-vous m'épouser ?

— Parce que je vous aime, voyons ! s'exclama-t-il, les yeux étincelants.

Elle détourna la tête, soudain incapable de soutenir son regard.

— Tout à l'heure, vous m'avez embrassée dans la forêt, lui rappela-t-elle. Et immédiatement après, il m'a semblé que nous étions très loin l'un de l'autre. Comme si vous aviez érigé une barrière entre nous...

— Parce que j'ai brusquement compris que j'étais incapable de vivre sans vous. Cela m'a fait l'effet d'un choc !

Une lueur inquiète passa dans ses prunelles grises.

— Acceptez-vous, Cassy ?

— Vous le savez bien... Je vous aime.

— Moi aussi, je vous aime... Je vous aimerai toujours, jusqu'à mon dernier souffle !

Il l'enlaça passionnément, et, pendant quelques minutes, ils demeurèrent ainsi l'un contre l'autre, sentant leurs cœurs battre à l'unisson. Puis Lucien reprit la parole :

— Une fois que le film sera entièrement monté,

je devrai retourner en Australie. Voulez-vous m'épouser avant mon départ ? Je voudrais tant que vous veniez avec moi... Certes, je n'ignore pas que votre carrière tient une grande place dans votre vie, mais vous pourriez trouver un poste de journaliste en Australie ? Ou peut-être envoyer vos articles au journal ? Ou...

Elle l'interrompit, amusée de le voir s'inquiéter ainsi.

— Ou n'importe quoi ! assura-t-elle. Ce qui compte pour moi, avant tout, c'est d'être près de vous !

Il l'embrassa pour cette réponse.

— Et qu'auriez-vous dit si je vous avais appris qu'il n'était pas question que j'abandonne *Citymag* ? s'enquit-elle, taquine.

— Je serais venu travailler en Nouvelle-Zélande !

— Je ne vous crois pas, murmura-t-elle, ses lèvres contre sa joue.

Un frisson de plaisir la parcourut.

— Je ne vous crois pas, répéta-t-elle, les yeux à demi clos.

— C'est pourtant ce que j'aurais fait !

Etroitement enlacés, ils regardèrent les vagues s'abattre inlassablement sur le sable noir.

Alors Cassy se souvint des plages des îles du Pacifique... Ces plages qu'ils avaient arpentées, main dans la main, tandis qu'une brise tropicale agitait les palmes des cocotiers, dans une odeur d'épices et de fleurs.

— Aimeriez-vous que nous fassions notre voyage de noce dans les îles polynésiennes ? demanda Lucien.

— Vous savez lire dans mes pensées ! s'étonna-t-elle. Vous souvenez-vous de...

Il lui ferma la bouche d'un baiser.

154

— Je me souviens de tout... murmura-t-il sur ses lèvres.

Et, resserrant son étreinte :

— Toute une vie d'amour devant nous... J'espère que plus jamais vous n'aurez peur !

— Plus jamais ! assura-t-elle.

Il prit son visage entre ses mains et la contempla passionnément.

— Tout sera comme vous le souhaitez, je vous le promets !

— Je sais...

Un nouveau baiser réunit leurs lèvres. Cassy ferma les yeux, éblouie.

L'avenir était plein de promesses...

LE LION

(23 juillet-22 août)

Signe de Feu dominé par le Soleil : Vitalité

Pierre : Grenat.
Métal : Or.
Mot clé : Pouvoir.
Caractéristique : Orgueil.

Qualités : Force, intégrité, fougue et autorité
Ne passent jamais inaperçues.

Il lui dira : « Vous m'éblouissez. »

LION

(23 juillet-22 août)

La native du Lion affiche un goût prononcé pour tout ce qui est somptueux. Attirée par le luxe, elle affectionne les intérieurs raffinés et exotiques. La peinture orientale la fascine. Pour elle, le côté audacieux et original d'une œuvre d'art prévaut largement sur ses autres qualités. Un port majestueux et une grâce distante font d'elle une personne pleine de charme qui adore séduire.

Tout comme Cassy…